Die besten Fußballwitze

tosa

Wir betonen ausdrücklich, dass das vorliegende Werk das Ergebnis langjähriger Sammeltätigkeit des Herausgebers ist. Sollte sich dennoch ein hier zitierter, noch quicklebendiger und urheberrechtlich geschützter Witz oder Spruch irgendwie auf den Schlips getreten fühlen, können wir ihn hoffentlich beruhigen, denn wir haben absichtlich keine Namen genannt und auch den Tatort anonymisiert – außer in einigen wenigen bereits „klassisch" gewordenen Fällen. So bleiben den VIPs aus der Fußballwelt Spott und abscheuliche Häme bewahrt. Herausgeber und Verlag haben sich gleichwohl im Voraus eifrig und redlich bemüht, alle rechtlichen Belange zu klären. Sollte dennoch ein nachweisbares Urheberrecht verletzt oder schlicht übersehen worden sein, werden den geltenden Bestimmungen gemäß diese als berechtigt nachgewiesenen und in Druckform belegten Erstveröffentlichungen anteilmäßig dem Umfang am Gesamtwerk entsprechend honoriert. Die eventuell gewünschte Nennung des Autorennamens könnte allerdings erst bei einer umfangreichen Neubearbeitung und Erweiterung der Sammlung eine Berücksichtigung finden.

Zusammenstellung: David F.

Umschlaggestaltung und Innenillustrationen: Reinhard Habeck
Printed in Austria

www.tosa-verlag.com

„Gestern Nachmittag hat das enttäuschte Publikum zum Schluss mit faulen Tomaten und Eiern nach den Spielern geworfen."
„Aber man hat doch auch tosenden Applaus gehört!?"
„Ja, stimmt! Nach jedem Volltreffer!"

Der Psychologieprofessor fragt einen Studenten während der Prüfung: „Was ist ein Mann, der eine Minute lang tobend und schreiend immer zwei Schritte vor und zurück geht und sich dann von einer Sekunde auf die andere hinsetzt und laut zu heulen anfängt?"
Der Student: „Der Trainer von Eintracht Frankfurt!"

Ein Fußballer geht in die Kirche und fragt den Pfarrer:
„Sagen Sie, wird im Himmel eigentlich auch Fußball gespielt?"
Sagt der Pfarrer: „Kommen Sie in einer Woche wieder, ich frage mal nach!"
Eine Woche später kommt der Fußballer wieder und fragt noch mal.

Sagt der Pfarrer: „Also, es gibt eine gute und eine schlechte Nachricht! Welche wollen Sie zuerst hören?"
Der Fußballer: „Die gute!"
Der Pfarrer: „Im Himmel wird tatsächlich Fußball gespielt."
Der Fußballer: „Und was ist dann die schlechte Nachricht?"
Der Pfarrer: „Sie sind für das nächste Heimspiel aufgestellt!"

Lothar Matthäus trainiert gerade bei den New York Metrostars und bekommt plötzlich tierischen Hunger.
Er läuft schnell um die Ecke zu einer Imbissbude und sagt: „Ich hätte gerne von dem Hähnchen da!"
Fragt die Verkäuferin: „Chicken?"
Lothar: „Nee, nicht schicken, das dauert zu lange..."

„Paul, wo hast du so traumhaft küssen gelernt?"
„In meinem Sportverein, ich blase dort schon seit 3 Jahren die Fußbälle auf!"

Jens Lehmann flachst mit Jürgen Kohler.
Meint Jens: „Was hat vier Beine und ist ziemlich blöd?"
„Keine Ahnung."
„Deine Frau und du!"
Den Spruch will sich Jürgen merken und ein paar Tage später blödelt er mit Lars Ricken: „Was hat vier Beine und ist unheimlich blöd?"
„Keine Ahnung."
„Meine Frau und ich..."

Warum macht die deutsche Fußballnationalmannschaft nach der Weltmeisterschaft eine Tournee durch Deutschlands Altenheime?
Weil die Spieler ihre ehemaligen Klassenkameraden wiedersehen wollen.

Nach einer Feier sind Jens Lehmann und Lars Ricken betrunken auf dem Heimweg.
Plötzlich bückt sich Jens Lehmann, hebt einen Geldschein auf und jubelt: „Juhuuu, ich habe einen Hunderter gefun-

den!“ Lars Ricken reißt ihm den Schein aus der Hand, sieht kurz drauf, zerknüllt ihn und wirft ihn weg. Jens Lehmann ist sauer und regt sich auf.
Lars Ricken versucht ihn zu beruhigen: „Sei nicht traurig, das war ein falscher Hunderter – es waren drei Nullen drauf!“

Warum darf man Manni Schwabl und Thomas Häßler nicht gemeinsam in ein Hotelzimmer stecken?
Einer sollte die Tür schon öffnen können.

Schalke spielt gegen Bayern. Zwei Minuten nach dem Anspiel fährt ein Zug vorbei und pfeift. Die Bayern denken, der Schiedsrichter hat das Spiel abgepfiffen, und gehen nach Hause. 30 Minuten später schießt Schalke das erste Tor.

Oliver Kahn: „Du, Mehmet, wo liegt eigentlich Afrika?“
Mehmet Scholl: „Weiß nicht, aber so weit weg kann es nicht sein, Sammy Kuffour kommt ja jeden Morgen mit dem Fahrrad zum Training.“

Hattest du nicht die Nummer 10?
Das war vor der ersten Halbzeit! In der Pause hat mir der Trainer die 1 abgetrennt!
7
0

Warum wird das Olympiastadion jetzt überdacht?
Weil Glücksspiele unter freiem Himmel verboten sind!

Ein Spieler kommt zum Probetraining.
Bevor er mit der Mannschaft auf den Platz geht, hält ihm der Geschäftsführer schon einen Vertrag unter die Nase.
„Aber Sie haben mich ja noch gar nicht spielen sehen!"
„Das ist egal, Sie haben eine schöne breite Brust für die Trikotwerbung."

Michael Skibbe beim Arzt: „Herr Doktor, niemand beachtet mich so richtig!" Arzt: „Der Nächste bitte!"

„Nun, wie war das Spiel?" – „Keine Ahnung, das Stadion war ausverkauft und ich habe nichts gesehen."
„Aber Sie sind doch fast zwei Meter groß?"
„Ja, schon, aber ich stand verkehrt herum und konnte mich in dem Gedränge nicht umdrehen."

Was ist eine Blondine auf dem Fußballfeld?
Ein Freistoß!

Andi Möllers Sohn fragt seinen berühmten Vater: „Du, Vati, sind das Nelken oder Chrysanthemen?“
„Das sind Chrysanthemen, mein Junge!“
„Und wie schreibt man das?“
„Ich glaube, ich habe mich geirrt. Es sind doch Nelken.“

Was unterscheidet den Herrgott und Stefan Effenberg?
Der Herrgott weiß, dass er nicht Stefan Effenberg ist.

Der Papst hat eine Reise nach Australien gemacht.
Bei einem Gottesdienst am Strand beobachtet er, wie im Wasser ein Typ mit einem Schalke-Trikot von einem Hai angefallen wird. Auf einmal kommen zwei Dortmunder in einem Motorboot dahergefahren.
Der eine springt mit einer Harpune ins Wasser und erledigt

den Hai, der andere holt den Schalker aus dem Wasser.
Als der Papst das sieht, lässt er nach den beiden schicken.
„Für euren selbstlosen Einsatz spreche ich euch im Namen Gottes selig."
Als der Papst weg ist, sagt der eine Dortmunder zum anderen: „Wer war das denn?"
„Keine Ahnung", sagt der andere.
„Ist ja auch egal. Sieh mal lieber nach, ob unser Köder noch in Ordnung ist oder ob wir einen neuen brauchen."

Ein Knirps sitzt allein beim Pokalendspiel auf dem besten Platz der Tribüne.
Ein Ordner fragt ihn, ob er ganz allein hier sei.
Der Knirps bejaht. Der Ordner fragt, wo denn sein Vater sei. Der Knirps: „Zu Hause und sucht die Eintrittskarte."

Wie die Fifa mitteilte, wurden alle Schiedsrichter nochmals darauf hingewiesen, dass Sich-in-die-eigene-Hose-Greifen mit sofortigem Platzverweis wegen absichtlichem Handspiels zu bestrafen ist.

Fragt Jürgen Kohler Stefan Reuter: „Warum ist denn deine Verlobung mit deiner neuen Freundin so schnell in die Brüche gegangen?“
„Ich habe darüber gemeckert, dass ihre Strumpfhose Falten wirft.“
„Und das hat sie so gekränkt?“
„Ja, sie hatte nämlich keine Strumpfhose an!“

„Du könntest wirklich ein guter Fußballer sein“, meint der Trainer zu seinem Mittelstürmer, „wenn dir nicht ständig zwei Dinge im Weg wären.“
„Und welche?“
„Deine beiden Füße!“

Vater und Sohn kommen vom Fußballspiel nach Hause.
Fragt die Mutter: „Nun? Wie war es denn?“
„Ganz toll“, begeistert sich der Kleine, „es gab sieben gelbe und vier rote Karten, einen Nasenbeinbruch, zwölf verhaftete Zuschauer und zum Schluss hat man auch noch den Schiedsrichter verprügelt!“

Der Fußballprofi kommt stolz nach Hause: „Ich habe heute zwei Tore geschossen!“
„Und wie ist das Spiel ausgegangen?“ – „1 : 1!“

In der Schule sagt der Lehrer:
„Ralf, nenn mir drei berühmte Deutsche mit dem Anfangsbuchstaben B!“
Daraufhin sagt Ralf: „Beckenbauer, Basler, Bierhoff!“
„Hast du noch nie was von Bach, Brahms und Beethoven gehört?“
„Nein“, erwidert er, „Ersatzspieler interessieren mich nicht!“

Der Bus von Borussia Dortmund ist unterwegs zum Auswärtsspiel nach Gladbach. Plötzlich taucht eine Unterführung vor ihnen auf. Der Busfahrer bremst stark ab und hält an.
„So was Dummes. Nur 3,10 Meter Durchfahrtshöhe!“
Sagt Andy Möller: „Na und, fahr doch, oder siehst du etwa die Polizei?“

Wieso hat dein Mann die Hand verbunden? – „Fußball“ „Was, in seinem Alter spielt er noch Fußball?“ – „Nein, er schlug mit der Faust auf den Fernsehapparat!“

Warum haben die Gladbacher Fußballer Fahrräder zu Weihnachten geschenkt bekommen?
Damit sie schon mal rechtzeitig das Absteigen üben können.

Ein Knirps klettert nach dem Spiel über den Stadionzaun.
Ein Ordner schnauzt ihn an:
„Kannst du nicht so rausgehen, wie du reingekommen bist?“
Der Knirps: „Tu ich ja!“

„Vati, was wird aus einem Fußballstar, wenn er nicht mehr gut sehen kann?“, will Berni wissen.
„Dann wird er Schiedsrichter“, knurrt der Vater.

Mehmet Scholl kommt mit einem dicken Verband an der rechten Hand zum Training.
„Was ist denn passiert?“, will Giovane Elber wissen.
„Ich wollte eine Fliege mit der Hand an der Wand erschlagen!“ – „Na und?“
„Es war keine Fliege, es war ein Nagel...“

Auf dem Flug nach New York sagt Maren zu Lothar Matthäus: „Wenn du in Amerika bist, musst du immer ganz deutlich sprechen, dann verstehen sie dich auch.“
An seinem ersten Tag in einem New Yorker Café sagt Lothar zum Kellner: „Ein... Weiß...bier... bit...te!“
Darauf erwidert der Kellner: „Sie... kom...men... wohl... aus... Deutsch...land..., ich... auch.“
Lothar antwortet verdutzt: „Ja, wenn wir beide aus Deutschland kommen, warum sprechen wir dann Englisch?“

Was ist der Unterschied zwischen einem Bankräuber und einem Fußballstar?
Der Bankräuber sagt: „Geld her oder ich schieße!“
Der Fußballstar hingegen: „Geld her oder ich schieße nicht!“

Mailand oder Madrid – Hauptsache Italien!
Andreas Möller

Ich glaube, dass der Tabellenerste jederzeit den Spitzenreiter schlagen kann.
Berti Vogts

Der neue Rahmenterminkalender ist so voll, da gibt es in den nächsten zwei Jahren keinen Termin, an dem man mit seiner Frau Kaffee trinken kann.
Ewald Lienen

Ihr fünf spielt jetzt vier gegen drei.
Fritz Langner

Das habe ich ihm dann auch verbal gesagt.
Mario Basler

Toni Polster kommt nach dem Spiel nach Hause.
Als er sich umzieht, ruft seine Frau: „Dein linkes Bein ist ja noch ganz schwarz."
„Dann muss ich wohl im Gedränge das Bein eines Kameraden gewaschen haben."

Christoph Daum sitzt beim Friseur.
Der unterhält sich mit ihm und sagt zwischendurch immer: „Ja, Herr Hoeneß, natürlich, Herr Hoeneß!"
Daum fragt etwas ärgerlich: „Warum sagen Sie eigentlich immer Herr Hoeneß zu mir? Sie wissen doch, wer ich bin!"
„Natürlich", sagt der Friseur, „aber bei dem Namen Hoeneß sträuben sich Ihre Haare so schön..."

Ein 90-Jähriger, der schon seit 70 Jahren begeisterter Fan und Mitglied des FC Schalke 04 ist, äußert vor seinem Sohn seinen letzten Wunsch: „Ich möchte bei Schalke austreten und Mitglied bei Borussia Dortmund werden."
„Aber Vater", ruft der Sohn entsetzt, „du warst doch dein ganzes Leben lang Schalke-Fan!"

„Ja, schon, aber wenn ich sterbe, möchte ich, dass es nicht einen Schalke-Fan, sondern einen Borussia-Fan weniger gibt!“

Ein Schalker sitzt draußen bei Kaffee und Kuchen. Setzt sich eine Wespe auf den Pflaumenkuchen.
Der Schalker empört: „Zieh bloß dat gelb-schwarze Trikot aus in mein Garten.“

Oliver Kahn beim Arzt.
Der Doktor schaut ihm ins Ohr und sagt: „Könnten Sie sich bitte das andere Ohr verdecken, die Sonne blendet!“

Elber und Matthäus sitzen in Elbers Porsche.
Sagt Elber unternehmungslustig zu Matthäus: „Weißt du was, Lodda? Heute punkten wir in Flensburg!“
Darauf Matthäus lachend: „Haha! Giovane, du Spaßvogel! Die spielen gar nicht in der Bundesliga!“

Welche Sportart spielten die deutschen Verteidiger in Jacksonville gegen die USA?
Mikado – wer sich als Erster bewegt, hat verloren.

Sagt der Sohn von Mario Basler zu seinem Papa:
„Papa, da an der Tür steht jemand und sammelt für das neue Hallenbad."
Mario antwortet: „Okay, gib ihm drei Eimer Wasser!"

Völler, Kirsten und Basler sind gestorben und kommen alle zusammen an der Himmelspforte an.
Gott nimmt sie in Empfang und sagt: „Alle, die ein gutes Lebenswerk hinter sich haben, können in den Himmel."
Gott: „Sag mir, Rudi, was hast du geleistet?"
Rudi: „Ich war immer ein gutes Vorbild für die Jugend."
Gott: „Okay, geht in Ordnung."
„Und was ist mit dir, Ulf?"
Ulf: „Ich habe viele Mannschaften vor Blamagen bewahrt."
Auch das ist okay und nun ist Mario an der Reihe.
„Sag mir, mein Sohn..."

Mario: „... erstens bin ich nicht dein Sohn, zweitens geht dich das gar nichts an, was ich da unten so getrieben habe, und drittens: RUNTER VON MEINEM PLATZ!“

Zum nächsten Spiel der Nationalmannschaft kommt der Papst. Er reist immer dorthin, wo Not und Elend am größten sind.

Der Fußballer fragt den Schiedsrichter: „Wie heißt denn Ihr Hund?“ – „Ich habe keinen Hund!“
„Oh, das tut mir aber Leid. Blind – und keinen Hund.“

Drei Babys kommen in den Himmel. Gott sagt: „Ihr könnt wieder nach unten, ich hab's mir anders überlegt! Aber bevor ihr von der Wolke springt, müsst ihr laut euren Berufswunsch rufen!“ Das erste Baby springt und schreit: „Lehrer!“ 25 Jahre später ist er ein perfekter Lehrer. Das zweite Baby springt und schreit: „Gehirnchirurg!“ 25 Jahre später ist er ein ausgebildeter Gehirnchirurg. Das dritte Baby springt, rutscht dabei aus und schreit: „Scheißdreck!“ 25 Jahre später ist er Spieler des FC Bayern München.

Der Trainer nach einer verheerenden Niederlage: „Ich habe vor dem Spiel gesagt: ‚Spielt, wie ihr noch nie gespielt habt‘ und nicht: ‚Spielt, als ob ihr noch nie gespielt habt‘!“

Calmund fragt Rudi Völler, wie er abnehmen könnte.
Rudi sagt: „Das ist einfach, du musst immer nur den Kopf schütteln!“
„Was, das ist alles? Und wie oft?“
Darauf Rudis Antwort: „Ja, immer wenn dir jemand etwas zu essen anbietet!“

„Ach, ich liebe sportliche Frauen“, sagt der Scheich. „Erst kürzlich habe ich eine Damen-Fußballmannschaft geheiratet.“

Fragt der Trainer in der Halbzeitpause entsetzt den Mittelstürmer: „Warum hast du denn ein Eigentor geschossen?“
„Na ja, die Tore sehen sich auch so verdammt ähnlich!“

Fredi Bobic fragt Vladimir Butt: „Was heißt eigentlich BMW auf Russisch?“
„Bald mein Wagen...“

„Mein Arzt hat mir geraten, das Fußballspielen aufzugeben.“
„Hat er dich denn gründlich untersucht?“
„Nein, er hat mich spielen sehen.“

Ein junger Sportjournalist macht sein erstes Interview, und dann gleich mit Uli Hoeneß.
Als er in dessen Büro gelassen wird, geht er aufgeregt auf ihn zu und sagt: „Herr Hoeneß, ich habe schon so viel von Ihnen gehört!“
Darauf Hoeneß: „Aber beweisen können Sie mir nichts!“

Klinsmann steht im Himmel vor Petrus.
Fragt der erstaunt: „Sie hier? Wie haben Sie denn das Tor gefunden?“

Warum spielen die Ostfriesen auf einem kleineren Spielfeld?
Weil sie denken, dass dann das Spiel kürzer ist.

„Stimmt es, dass Ihr Mann aus dem Fußballverein hinausgeworfen wurde?“
„Ausgeschlossen!“
„Ist da ein Unterschied?“

Andi Möller traut sich nach einem miesen Spiel nicht mehr unter die Leute. Mit angeklebtem Bart, Sonnenbrille und Spazierstock versucht er sich unbemerkt durch die Menge zu stehlen. Auf einmal kommt da eine alte hässliche Frau auf ihn zu und meint: „Hey, Andi, alles klar?“

„Psssst! Ich will versteckt bleiben. Wie haben Sie mich erkannt?“ – „Hey, Andi, ich bin’s, der Kohler…“

Mario Basler wird gefragt: „Wissen Sie eigentlich, dass Sie viel mehr verdienen als Helmut Kohl?“
Seine Antwort: „Das mag schon sein, aber haben Sie Helmut Kohl mal Fußball spielen sehen?“

Ruhrpottderby BVB gegen Schalke. Das Stadion ist ausverkauft. In der Halbzeit soll die Miss Ruhrgebiet gekürt werden. Der Stadionsprecher bittet sie in den Mittelkreis und sagt: „Frau Kowalski, beantworten Sie mir die Frage, wie viel 3 mal 3 ist, und Sie sind Miss Ruhrgebiet.“ Spontane Antwort: „Zehn.“ Das ganze Stadion brüllt: „Gib ihr noch eine Chance.“ Sie überlegt und sagt: „Acht.“ Das Stadion brüllt wieder: „Gib ihr noch eine Chance. Gib ihr noch eine Chance.“ Der Stadionsprecher erbarmt sich und sagt: „Jetzt muss die Antwort aber stimmen, sonst wird’s nichts mit dem Titel!“
Frau Kowalski überlegt lange, dann sagt sie: „Neun!“

Das ganze Stadion brüllt: „Gib ihr noch eine Chance. Gib ihr noch eine Chance. Gib ihr noch eine Chance."

Wie lautete die erste Frage von Ötzi, nachdem er wiederbelebt wurde? – „Spielt Matthäus immer noch?"

Was sind 11 Nationalspieler hintereinander?
Ein Flaschenzug.

Nach dem verlorenen Spiel herrscht in der Kabine helle Aufregung. Kommt der Trainer hereingestürmt und faucht den Mittelstürmer an: „Hast du zum Präsidenten gesagt, ich sei ein Idiot?" – „Nein, denn das wusste er bereits!"

Eine kleine Spinne betrachtet das Netz des Fußballtores. „Donnerwetter – hier muss es aber riesige Spinnen geben..."

Carsten Jancker zu Effenberg: „He, Stefan, wenn du errätst, wie viel Geld ich in der Hand habe, darfst du die fünf Euro behalten.“
„Lass nur“, antwortet der, „was soll ich mir wegen vielleicht 20 Euro den Kopf zerbrechen.“

Der Fußballer ist gefoult worden und humpelt nun mit schmerzverzerrtem Gesicht auf dem Spielfeld herum.
Da meint der Trainer zum Vereinsmasseur: „Bei dem weiß man nie recht, ob man den Doktor oder den Theaterkritiker kommen lassen soll.“

Vater und Sohn (3 Jahre) sind im Fußballstadion, Stehplatz. Der Filius sitzt auf den Schultern des Vaters, das Spiel läuft. Nach fünf Minuten brüllt der Kleine los:
„Aaaaabseits, das war ganz klar Abseits!“
Weitere fünf Minuten später: „Foul, Foul, Foul, gelbe Karte, rote Karte, raus die Sau!“
Kurz drauf: „Elfmeter, ganz klarer Elfer! Schiri, du blindes Schwein!“

Plötzlich nimmt der Vater seinen Junior von den Schultern und versohlt ihm kräftig den Hintern.
Meint sein Nachbar: „Was haben Sie denn, der Kleine hat doch Ahnung vom Fußball."
Darauf der Vater: „Abseits, Foul und Elfer kann er brüllen, aber Pippi sagt er nicht!"

Fragt Jens Lehmann seinen Kollegen Fredy Bobic: „Wusstest du, dass man drei Schafe für einen Pullover braucht?"
Darauf meint Fredy: „Wusste gar nicht, dass Schafe stricken können..."

„Dabei sein ist alles!", rief der Schiedsrichter und schoss das erste Tor.

Der Lehrer erwischt Leo, wie er gerade im Fußballstadion verschwinden will. „Du kannst nicht in die Schule, weil du

angeblich deinen Onkel im Krankenhaus besuchen musstest, und nun treffe ich dich hier."
„Ich muss schon noch ins Krankenhaus. Mein Onkel ist nämlich heute der Schiedsrichter."

Wann wurde die deutsche Fußballnationalmannschaft zum ersten Mal schriftlich erwähnt?
Im Alten Testament: Sie trugen seltsame Gewänder und irrten planlos umher.

„Gehen Sie auch auf den Fußballplatz?"
„Da pfeif ich drauf!"
„Sie mögen keinen Fußball?"
„Doch, ich bin der Schiedsrichter!"

„Sie haben in diesem Jahr noch kein Spiel verloren. Woran liegt das?", wird der Fußballtrainer gefragt.
„Weiß ich auch nicht. Und dabei habe ich vor jedem Spiel

mit dem Schiedsrichter um fünftausend Euro gewettet, dass wir diesmal verlieren werden."

Was haben Dieter Bohlen und Hans-Peter Briegel gemeinsam? – Sie haben beide in Verona gespielt.

Der Platzwart von Schalke 04 fährt mit dem Fahrrad durch die Stadt. Auf dem Gepäckträger hat er zwei Säcke. Der eine Sack hat ein Loch, aus dem dauernd Fünf-Euro-Münzen rausfallen.
Da überholt ihn die Polizei und stoppt ihn. „Sie verlieren dauernd Fünf-Euro-Münzen!", sagt der eine Polizist zu ihm.
Der Platzwart erschrickt. „Da muss ich ja schnell den ganzen Weg zurückfahren und die Dinger wieder einsammeln", sagt er.
„Moment mal", wendet der andere Polizist ein, „woher haben Sie das ganze Geld überhaupt? Gestohlen?"
„Nee", sagt der Mann. „Wissen Sie, ich habe mein Haus direkt neben dem Parkstadion. Die Leute kommen immer und pinkeln in meinen Garten. Da stell ich mich mit der

Heckenschere hin und sage: Fünf Euro, oder ab is' er!"
„Gute Idee", sagt der eine Polizist. „Aber was ist denn dann in dem anderen Sack?"
„Na ja", sagt der Mann, „es bezahlen ja nicht alle..."

„Zwei Dinge, mein Junge", sagt der Trainer nach dem Spiel, „sind es, die dich hindern, ein großer Fußballspieler zu werden."
„Und welche?"
„Dein linkes und dein rechtes Bein."

Warum konnte Berti Vogts während der WM noch nicht zurücktreten?
Weil Egidius Braun noch hinter ihm stand.

Die Spieler des FC Bayern sitzen beim Skat und unterhalten sich über ihre ständig schlecht gelaunten und nörgelnden Frauen.

Nur Jens Jeremies berichtet: „Meine Frau ist anders, sie hat immer einen neuen Spaß auf Lager. Erst neulich, als ich überraschend nach Hause kam, hatte sie doch glatt ihren Bruder im Schrank versteckt – den kannte ich noch gar nicht!“

Warum wurde Toni Polster vom Tierschutzverband angezeigt?
Weil er 90 Minuten auf dem gleichen Regenwurm gestanden ist.

Was machen 16 Bayern-Spieler vorm Kino?
Sie warten noch auf zwei Kollegen – der Film ist erst ab 18!

Mario Basler wird für die nächsten fünf Bundesligaspiele gesperrt!
Nach dem letzten Match ist er zusammen mit dem Schiedsrichter Richtung Kabine gelaufen und hat zu die-

sem gesagt: „Gell, Herr Schiedsrichter, das war ein schönes Spiel heute! Schade, dass Sie es nicht gesehen haben."

In die Siegesfeier des Fußballvereins platzt der Masseur mit der Nachricht: „Unser Mittelstürmer ist soeben Vater von Zwillingen geworden."
Der Mannschaftskapitän ruft stolz aus: „Donnerwetter! Da ist ihm ja ein schöner Doppelpass gelungen."
In diesem Augenblick kommt der Trainer in die Kabine: „Moment! Vergessen wir nicht die exzellente Vorarbeit von unserem Libero!"

Michael Steinbrecher will mit dem Vorurteil aufräumen, alle Fußballer seien blöd. Er lädt Lothar Matthäus und Uli Hoeneß ins Aktuelle Sportstudio ein.
Michael Steinbrecher: „Wie viel ist 7 mal 8?"
Matthäus, wie aus der Pistole geschossen: „55!"
Lautes Stöhnen im Publikum. Daraufhin der Bayern-Manager, bemüht um Schadensbegrenzung: „Klasse, Lothar, nur einen daneben!"

Der neue Patient stellt sich im Krankenhaus seinem Bettnachbarn vor:
„Gestatten – Schulze, Buchhalter, Verkehrsunfall."
Brummt der andere:
„Angenehm – Schneider, Schiedsrichter, Elfmeter gepfiffen."

Die Deutsche Bundespost hat, um die Verdienste von Berti Vogts zu würdigen, eine Briefmarke mit seinem Bildnis herausgebracht. Im täglichen Betrieb zeigte sich allerdings, dass diese Marke nicht auf den Briefen hielt.
Die eingesetzte Untersuchungskommission kam nach wenigen Monaten zu folgendem Ergebnis: Die Briefmarke ist völlig korrekt. Auch am Kleber gibt es nichts zu bemängeln. Die Kunden spucken auf die falsche Seite.

Länderspiel. Welche Funktion hat der kleine Junge neben Carsten Jancker vor dem Spiel?
Er passt auf, dass Jancker die richtige Strophe der Nationalhymne singt!

„Willst du uns den Witz immer noch erzählen?“
Darauf der Haching-Fan: „Ach, lass mal, bevor ich ihn dreimal erklären muss.“

Mehmet Scholl zu Stefan Effenberg: „Ob du es glaubst oder nicht, heute Nacht habe ich geträumt, ich sei ein Pferd und würde Stroh fressen!“
„Ja und? Das ist doch nichts Besonderes!“, erwidert der.
„Eben doch. Als ich aufwachte, fehlte mir die halbe Matratze!“

Ein einbeiniger VFB-Fan und ein blinder KSC-Fan stehen an der Theke und streiten sich über das letzte Derby.
Der einbeinige VFB’ler: „Dir trete ich gleich in den Arsch!“ Der blinde KSC’ler: „Das möcht’ ich seh’n!“

Was ist die perfekte Fußballmannschaft?
Blondinen im Sturm, weil sie Manndeckung gewohnt sind;

Leprakranke im Mittelfeld, weil sie so gut „foulen“ können; Schwule in der Abwehr, weil sie immer von hinten Druck machen; und eine Nonne im Tor, weil sie nie einen reinlässt.“

Warum trägst du denn immer ein Bild einer Fußballmannschaft mit dir rum?“
„Hast du etwa kein Bild vom Vater deines Kindes bei dir?“

Oliver Kahn und Paulo Sergio vom FC Bayern München haben sich mit Ottmar Hitzfeld verkracht und fahren im Privatauto zum DFB-Pokalspiel beim DSC Wanne-Eickel. Die übrige Mannschaft fliegt.
Um 15 Uhr erhalten die beiden einen Anruf von Hitzfeld: „Unser Flugzeug hatte leider eine Panne und musste notlanden. Fangt schon mal ohne uns an, wir kommen später nach!“
Um 15.30 Uhr beginnen sie also zu zweit gegen Wanne-Eickel. Kahn steht im Tor und Sergio stürmt. Es läuft prima und nach der ersten Halbzeit steht es 2 : 0 für die Bayern.

Aber nach einer Stunde verletzt sich Kahn und muss ausgewechselt werden.
Nach dem Spiel fragt er Sergio: „Wie ist es denn ausgegangen?“ – „3 : 2 für Wanne-Eickel!“ – „Aber wir haben doch 2 : 0 geführt!“
„Ja, aber in der 70. Minute ist die Mannschaft eingetroffen!“

Bayer Leverkusen hat eine neue Elektrowaage mit Computer. Ulf Kirsten steht als Erster drauf.
Die Waage: „75 Kilo, optimal.“
Dann Carsten Ramelow: „Drei Kilo zu leicht.“
Schließlich will auch Manager Rainer Calmund das gute neue Stück ausprobieren.
Die Waage: „Bitte nicht in Gruppen auf die Waage stellen!“

Welches ist der höchste Berg der Welt?
Der Bökelberg. Borussia Mönchengladbach brauchte ein Jahr, um abzusteigen.

Wir müssen gewinnen, alles andere ist primär.

Hans Krankl

Haben Sie eine Stunde Zeit?

Leo Beenhakker

(auf die Frage, wie dem deutschen Fußball zu helfen sei)

Die wissen nicht einmal, dass im Ball Luft ist. Die glauben doch, der springt, weil ein Frosch drin ist.

Max Merkel (über deutsche Funktionäre)

Da kam dann das Elfmeterschießen. Wir hatten alle die Hosen voll, aber bei mir lief's ganz flüssig.

Paul Breitner

Franz ist wie Marlene Dietrich. Ein alternder Star, den man nach wie vor bewundern muss.

Otto Rehhagel

Ein Schotte an der Kasse des Fußballstadions: „Wie teuer ist ein Sitzplatz?"
„Zwanzig Euro."
„Und ein Stehplatz?"
„Zehn Euro."
„Gut, dann geben Sie mir eine Karte für fünf Euro. Ich bleibe dann auf einem Bein stehen!"

Rudi soll einen Schulaufsatz über ein Fußballspiel schreiben, aber ihm fällt nichts ein. Dann hat er doch eine Idee und schreibt: „Der Platz war leider nicht bespielbar."

Eine Frau steht deprimiert in der Parfümerie und sagt zur Verkäuferin: „Geben Sie mir etwas, das nach Fußball riecht."

Scholl, Klinsmann und Basler kommen in den Himmel. An der Himmelspforte empfängt sie Petrus und sagt, dass sie ein Jahr in Einzelhaft müssten, dafür aber einen Wunsch frei hätten. Scholl wünscht sich viele junge Frauen, damit er sich so richtig austoben kann, Klinsmann wünscht sich einen Verteidiger, den er locker umspielen kann, Mario Basler wünscht sich eine Schachtel Zigaretten, die niemals leer wird.

Nach einem Jahr öffnet Petrus wieder die Türen zu den Einzelzimmern.

Scholl: „Das waren die besten Frauen, die ich je hatte!"
Klinsmann: „Geil, eine Million Tore!"
Basler: „Feuer, Feuer, Feuer!"

Warum gehen Blondinen nicht ins Dortmunder Westfalenstadion? Das ist selbst denen zu blöd.

EURO 2000 in Belgien und Holland. Ein leichtes Mädchen in Brüssel bietet einen besonderen Service: Erkennt ein Kunde die auf ihren Oberschenkeln tätowierten Köpfe von berühmten Fußballern, rechts Maradona und links Rummenigge, dann erhält er 50% Preisnachlass.

Einer der Kunden: „Also, die beiden da links und rechts, die kenn ich net, aber der da in der Mitte, des is bestimmt der Paul Breitner."

Christoph Daum hat früher in einer Mühle gearbeitet. Dort hat er zu viel Mehlstaub einatmen müssen, was ihm aber bekommen ist. Böse Zungen behaupten, dass die Mühle eine Mohnmühle war.

„Entschuldigen Sie den verspäteten Beginn", tönt es aus dem Platzlautsprecher, „aber der Schiedsrichter hat seine Pfeife vergessen!"
Ein Zuschauer empört: „Muss der unbedingt während des Spiels rauchen?"

„Du bist einfach zu langsam", sagt der Trainer zu seinem Stürmer. „Geht denn gar nichts schnell bei dir?"
„Doch, ich werde schnell müde."

Carsten Jancker und Mehmet Scholl machen zusammen die Führerscheinprüfung. Vor dem praktischen Teil müssen sie allerdings die Theorie bestehen.
Fahrlehrer: „Nennen Sie mir ein Teil vom Auto."
Jancker: „Linkes Vorderrad!"
Scholl: „Rechtes Vorderrad!"
Fahrlehrer: „Nun ein Teil im Inneren des Autos!"
Jancker: „Linker Vordersitz!"
Scholl: „Rechter Vordersitz!"
Fahrlehrer: „Und nun noch eine Automarke."
Jancker: „Jaguar!"
Scholl: „Februar!"

Wie lange dauert ein Fußballspiel zwischen Kolumbien und Jamaica?
Keine Minute, da die Kolumbianer die Linien schnupfen und die Jamaicaner das Gras rauchen.

Kurz vor Anpfiff des Pokalendspiels kommt noch ein Sportsfreund, ziemlich außer Atem, zum Kartenhäuschen.

„Zu spät", sagt die Kassiererin. „Das Stadion ist ausverkauft – bis auf den letzten Platz."
„Schön", nickt er zustimmend, „dann geben Sie mir den!"

Der Fernsehreporter bei einer Umfrage unter Fußballspielern: „Was empfinden Sie eigentlich, wenn Ihre Mannschaft gewinnt?"
Antwortet der Mittelstürmer. „Das kann ich nicht sagen – ich bin erst in der vierten Saison dabei..."

Häßler, Littbarski und Thon gehen in eine Kneipe und bestellen beim Wirt: „Drei Kurze!"
Der entgegnet: „Das sehe ich, aber was wollt ihr trinken?"

„Schade, es gibt im Augenblick so wenig Fußball im Fernsehen..."
„Nun ja, bei diesem schönen Wetter können die ja auch wieder gut draußen spielen."

Der Mittelstürmer humpelt vom Fußballplatz, nachdem seine Mannschaft nach einer 90minütigen Abwehrschlacht hoch verloren hat. Besorgt kommt ihm der Trainer entgegen und fragt: „Schlimm verletzt?“
Der Mittelstürmer: „Nein, mein Bein ist nur eingeschlafen!“

Warum wollten nach einem Länderspiel alle das Trikot von Andi Möller?
Weil es das einzige war, das nicht verschwitzt war.

„Meine Fußballer sind jetzt fairer als früher“, sagt der Trainer zum Schiedsrichter. „Nach dem Spiel gehen sie die Gegner im Spital besuchen.“

Dialog am Arbeitsamt: „Wie viele Arbeitsstellen hatten Sie denn im letzten Jahr?“ – „Fünf!“ – „Aha, Gelegenheitsarbeiter?“ – „Nein, Fußballtrainer!“

Während der Halbzeit trabt der Trainer in die Kabine des Radioreporters: „Lieber Mann“, bittet er, „versuchen Sie doch bitte in der zweiten Halbzeit etwas langsamer zu kommentieren. Meine Jungs können ja unmöglich so schnell rennen, wie Sie reden!“

Der Teufel besucht Petrus und fragt ihn, ob man nicht mal ein Fußballspiel Himmel gegen Hölle machen könnte.
Petrus hat dafür nur ein Lächeln übrig: „Glaubt ihr, dass ihr auch nur die geringste Chance habt? Sämtliche guten Fußballspieler sind im Himmel: Pele, Beckenbauer, Charlton, Di Stefano, Müller, Maradona, Ronaldo…“
Der Teufel lächelt zurück: „Aber wir haben die Schiedsrichter!“

Jesus wandert und trifft einen Mann, der weinend am Straßenrand kniet.
„Warum weinst du?“, fragt er.
„Meine Frau hat mich verlassen und ich bin einsam.“
Jesus: „Steh auf und geh. Solche Dinge können passieren.“

Ein Stückchen weiter trifft Jesus erneut einen Mann, der weinend am Straßenrand kniet.
„Warum weinst du?"
„Ich habe so hohe Schulden, dass ich mein Haus und meinen ganzen Besitz verloren habe."
Jesus: „Steh auf und geh. Du hast nur deinen weltlichen Besitz verloren."
Ein paar Meter weiter kniet wieder ein Mann weinend am Straßenrand.
„Warum weinst du?"
„Ich bin Fan von Inter Mailand."
Da schaut Jesus ihn einen Augenblick an, kniet neben ihm nieder und weint gemeinsam mit ihm.

Warum spielen Ostfriesen bei jedem Fußballspiel nur eine Halbzeit lang?
Weil Sie nicht wissen, wie sie den Platz umdrehen sollen.

Warum schreibt man München jetzt mit „ue"? – Weil der FC Bayern jeden Punkt für die Meisterschaft braucht!

Neujahrsnacht in München.
Sagt Giovane Elber zu Thorsten Fink: „Wenn das bloß kein Unglücksjahr wird!“
„Warum?“
„Na, weil’s ausgerechnet mit einem Freitag beginnt.“
„Na ja“, meint Fink, „seien wir doch froh, dass es nicht auch noch ein Dreizehnter ist!“

„Brasilianer sind entweder Fußballspieler oder Transvestiten!“ – „Ich bitte Sie! Meine Frau ist aus Brasilien.“
„Ach? In welchem Verein spielt sie denn?“

Der Fußballtrainer fragt seine Jungs: „Sagt mal, welche Muskeln treten in Kraft, wenn ich ein Tor schieße?“
Darauf die Mannschaft: „Unsere Lachmuskeln!“

Was sagt Ottmar Hitzfeld, wenn Oliver Kahn auf den Platz rennt? „Der tut nichts, der will nur spielen!“

Freundschaftsspiel: Bayern gegen Ostfriesland.
Nach 20 Minuten kommt der Bus und holt die Ostfriesen ab. In der 89. Minute geht Bayern unter großem Jubel 1 : 0 in Führung.

„Herr Doktor, mir wird ständig gelb und rot vor Augen“, klagt der Verteidiger des Vereins.
Rät der Arzt: „Wechseln Sie mal den Schiedsrichter.“

Die österreichische Nationalmannschaft kassiert zehn Minuten vor Schluss das 0 : 13.
Blickt der Trainer auf die Uhr und sagt: „Das war’s wohl!“
Raunt ein Spieler im Vorbeigehen: „Sie mit Ihrem blöden Aberglauben!“

Ein Dortmunder, ein Frankfurter und ein Offenbacher werden im Irak beim Diebstahl erwischt und erhalten zur Strafe 50 Peitschenhiebe.

Vor der Vollstreckung haben alle noch einen Wunsch frei.
Der Dortmunder bittet um ein Beißholz, es wird ihm gegeben, er leidet trotzdem große Schmerzen.
Der Frankfurter bittet um eine Schmerztablette, auch er leidet trotzdem wie ein Hund.
Der Offenbacher fragt, ob er auch zwei Wünsche äußern dürfe.
„Ausnahmsweise ja“, erhält er zur Antwort.
„Als Erstes hätte ich gerne 500 anstatt der 50 Peitschenhiebe.“
Man wundert sich über den eigenartigen Wunsch und fragt nach seinem zweiten Wunsch, worauf der Offenbacher lächelnd antwortet: „Jetzt bindet mir den Eintracht-Spieler auf den Rücken!“

Franz Beckenbauer, Günter Netzer und Wolfgang Overath sitzen in München im Hofbräuhaus.
Sie diskutieren, wer der beste Spieler aller Zeiten gewesen sei.
Beckenbauer: „Also, Herrschaften, damit eins klar ist: Ich bin der Kaiser! Das sagt ja wohl alles, oder? Ich war und bin der Beste. Quasi eine Lichtgestalt.“

Overath: „Nein, Franz, das tut mir Leid, dass ich dich da korrigieren muss. Ich war vorhin noch in der Marienkirche. Und als ich so gerade vom Gebet aufstehe und mich vom Altar wegdrehe, da ertönt eine Stimme und der liebe Gott spricht: ‚Wolfgang, du weißt es genau. Für mich warst und bist du immer noch der beste Fußballer aller Zeiten!'"

Darauf Netzer: „Tschuldigung, Wolfgang, aber WAS soll ich gesagt haben?"

Völler, Hitzfeld und Neubarth bekommen Kontakt zum lieben Gott und dürfen ihm jetzt jeder eine Frage stellen.

Hitzfeld: „Lieber Gott, wann wird Bayern das Tripel gewinnen?"

Gott: „In 30 Jahren!"

Hitzfeld: „Verdammt, dann bin ich nicht mehr im Amt."

Neubarth: „Lieber Gott, wann wird Schalke 04 deutscher Meister?"

Gott: „In 50 Jahren!"

Neubarth: „Dann bin ich nicht mehr im Amt."

Völler: „Lieber Gott, wann wird Deutschland wieder Fußballweltmeister?"

Gott: „Dann bin ich nicht mehr im Amt ..."

Was ist der Unterschied zwischen einem Fußballer und einem Fußgänger?
Der Fußgänger geht bei Grün, der Fußballer bei Rot!

Mario Basler steht im Garten und sieht, dass auf seinem Dach einige Ziegel fehlen. Er geht ins Haus. Dort bemerkt er, dass ein paar Tassen verschwunden sind. Aufgeregt ruft er bei der Polizei an: „Herr Kommissar, ich habe einen Dachschaden und nicht mehr alle Tassen im Schrank!“

Andreas Möller kommt zu spät zum Training.
Er entschuldigt sich beim Trainer und meint: „Sorry, aber ich habe zu stark auf meine Zahnpastatube gedrückt. Und danach habe ich über eine Stunde gebraucht, um die Pasta wieder in die Tube zurückzubekommen.“

Schimpft die Frau des Trainers: „Fußball, Fußball, Fußball, Fußball!!! Ich höre nichts anderes mehr als Fußball! Ich

wette, du weißt nicht einmal mehr, wann unser Hochzeitstag war!“
„Doch, das war an dem Tag, als wir beim VfR 4 : 2 verloren haben!“

Mehmet Scholl zu Franz Beckenbauer: „Ich habe letztens mein Handy auseinandergeschraubt. Von wegen, die Grundgebühr ist auch schon drin – keinen Cent habe ich gefunden!“

Ein Fußballspieler wartet auf die U-Bahn und vertreibt sich die Zeit damit, Dribbelschritte zu üben.
„Kommen Sie, junger Mann“, sagt eine ältere Dame zu ihm, „ich zeige Ihnen, wo die Toilette ist.“

Warum fällt ständig das Tor um, wenn Oliver Kahn sich dagegen lehnt?
Der Klügere gibt nach!

Ich kann nicht mehr als schießen. Außerdem standen da 40 Leute auf der Linie.

Toni Polster

(über eine vergebene Torchance)

Im Halbfinale haben wir die ersten 40 Minuten hervorragenden Fußball gespielt.

Berti Vogts

(nach der WM 1998 im Sportstudio)

Sex vor einem Spiel?
Das können meine Jungs halten, wie sie wollen.
Nur in der Halbzeit, da geht nichts.

Berti Vogts

Deutschland wird auf Jahre hin unbesiegbar sein.

Franz Beckenbauer

(nach dem WM-Titel 1990)

„Warum bist du eigentlich Fußballjournalist geworden?“, fragt ein Reporter einen ehemaligen Kollegen.
„Weil das der Beruf ist, um sich geistig zu betätigen“, meint der darauf. „Ich sage freitags voraus, welche Mannschaft am Samstag gewinnen wird, um sonntags zu erklären, warum sie verloren hat!“

Das Nachwuchstalent zum Manager: „Wie hoch ist denn mein Gehalt?“
„Zunächst 10.000 Euro netto monatlich, später dann mehr.“
„O. K., dann komm ich später wieder!“

Eine Fee besucht Mario Basler und sagt: „Du hast zwei Wünsche frei. Bitte sage mir, was dein Begehr ist.“
Mario überlegt kurz und sagt: „Isch hätt gern eine Flasche Bier, die nie leer wird!“
Und schwupps, hat er eine Flasche Bier.
Er öffnet sie, pumpt total ab, setzt ab („aaaah!“), sieht auf die Flasche und meint: „Ei geil, die is jo noch total voll!“

Die Fee fragt: „Und was ist dein zweiter Wunsch?"
„Gebbe Se mer noch so e Flasch!"

Erstaunt fragt Evelyn ihre Freundin auf der Party: „Warum hast du dem netten Fußballspieler eben eine Ohrfeige gegeben?" – „Wegen Regelverstoß!" – „Was hat er denn gemacht?" – „Handspiel im Strafraum!"

Zwei Fans treffen einander. „Du, meine Frau will sich scheiden lassen, wenn ich weiterhin jedes Wochenende auf den Fußballplatz gehe."
„Das ist aber sehr unangenehm."
„Ja, allerdings, sie wird mir sehr fehlen."

Nach dem Spiel will der Schiedsrichter mit seinem Auto nach Hause fahren.
Da fragt ihn ein Spieler im Vorbeigehen: „Sag mal, seit wann dürfen Blinde Auto fahren?"

Der Fußballstar kommt vom Training und fragt seinen Sohn: „Na, wie ist denn dein Zeugnis ausgefallen?"
„Nicht schlecht, Papi! Alle anderen müssen die Klasse wechseln. Nur mein Vertrag wurde verlängert."

Präsident zum Trainer: „Wie war denn der neue Spieler beim Probetraining?"
„Dem gelang ein Sonntagsschuss nach dem anderen."
„Und warum haben Sie ihn wieder weggeschickt?"
„Wir spielen doch immer samstags!"

Fragt ein Zuschauer bei SAT 1 an: „Ihr Reporter sagt, die Wolfsburger spielten mit Hängen und Würgen die erste Halbzeit herunter. Hängen habe ich ja spielen sehen, aber wo war Würgen?"

Der Fußballer hat miserabel gespielt, schiebt aber die ganze Schuld auf den Schiedsrichter. In der Kabine meint

er zum Trainer: „Dem Kerl trete ich in den Hintern!“
„Lass mal gut sein“, erwidert der Trainer, „heute triffst du sowieso nicht!“

Beruhigt der Trainer den Torhüter, der aufgeregt auf einen Strafstoß wartet: „Lass dich nicht verrückt machen! Du kennst doch den Trick von diesem Libero. Der schießt den Ball immer entweder in die rechte oder in die linke Torecke.“

Wie groß ist der perfekte Schiedsrichter?
25 cm. Immer auf Ballhöhe.

Unterhalten sich 2 Fans des I. FC Köln:
„Mein Hund kann Kunststücke: Jedes Mal, wenn der FC ein Tor kassiert, macht mein Hund einen Salto.“
„Ist ja unglaublich! Vorwärts oder rückwärts?“
„Je nach dem, wo ich ihn treffe…“

„Der Arzt hat meinem Bruder empfohlen, mit dem Fußballspielen so schnell wie möglich aufzuhören“, erzählt Ursula ihrer Freundin. – „Wieso, ist er krank?“ – „Nein, der Arzt war beim letzten Spiel im Stadion!“

„Haben Sie drei Sekunden Zeit?“, fragt ein Zuschauer den Schiedsrichter nach Spielschluss.
Dieser nickt zustimmend. „Dann erzählen Sie mal alles, was Sie über Fußball wissen!“

Der Mannschaftsarzt vom VfL Bochum zum Thema „Doping im Fußball“: „Doping im Fußball bringt nix – das Zeug muss in die Spieler!“

Länderspiel, ausverkauftes Stadion, nur ein Sitzplatz auf der Tribüne bleibt leer. Der Besitzer der Karte erlaubt einem Zuschauer, der nur eine Stehplatzkarte ergattern konnte, sich zu setzen.

„Wissen Sie", erklärt er, „die Karte habe ich für meine Frau gekauft, aber die ist vor drei Tagen plötzlich gestorben."
„Hätten Sie die Karte denn nicht an Freunde oder Verwandte verkaufen oder verschenken können?"
„Das ging leider nicht, die sind doch alle heute auf der Beerdigung."

Geht ein Dortmund-Fan zum Heimspiel. Er kommt am Ticketschalter an und legt einen 100-Euro-Schein auf den Tresen. Darauf fragt der Verkäufer: „Wollen Sie ein Ticket oder einen Spieler kaufen?"

Der Scheidungsrichter will von Klein-Mäxchen wissen, ob er bei seiner Mutter leben möchte.
Mäxchen: „Nein, die schlägt mich immer."
Richter: „Dann willst du wohl zu deinem Vater?"
Mäxchen: „Nein, der schlägt mich auch immer."
Richter: „Na, was machen wir denn dann mit dir?"
Mäxchen: „Ich möchte zum 1. FC Köln, weil der schlägt niemanden."

„Mensch, Hubert! Mach den Fernseher an! Bayern gegen Bremen!“
„Na und? Das Spiel hab ich doch voriges Jahr schon gesehen!“

Jens Lehmann steht im Tor und wehrt sich verzweifelt gegen Mücken. Plötzlich kommen zwei Glühwürmchen angeflogen.
Jens zu Christian Wörns: „Verdammt, jetzt suchen uns die Biester schon mit Taschenlampen!“

Warum musste das Spiel Mönchengladbach gegen die Bayern ausfallen?
Die Borussen brauchten erst eine zweistellige Anzeigentafel.

Wer ist der Angstgegner der deutschen Nationalmannschaft? – Der Ball.

Wieso Trikottausch? Hose ist mir lieber!

Warum steht die türkische Nationalmannschaft bei Spielende nie mit elf Spielern auf dem Platz?
Wenn sie eine Ecke kriegen, macht einer einen Dönerstand auf.

Die Bundesligamannschaft fliegt zu einem Auswärtsspiel. Den Spielern wird es schnell langweilig und sie beginnen im Flugzeug Fußball zu spielen.
Der Pilot hat alle Mühe, den Flieger zu halten, und schließlich schickt er seinen Copiloten nach hinten.
Nach fünf Minuten ist wieder Ruhe eingekehrt.
„Wie ist dir das denn gelungen?", fragt der Pilot.
„Ich habe gesagt: ‚Jungs, es ist so herrliches Wetter – spielt doch draußen weiter!'"

Oliver Kahn, Mehmet Scholl und Carsten Jancker retten sich nach einem Flugzeugabsturz auf eine einsame Insel.
Da taucht plötzlich eine gute Fee auf.
Sie sagt: „Jeder von euch hat einen Wunsch frei!"
Oliver: „Ich wünsche mir, wieder zu Hause bei meiner

Familie zu sein." Sein Wunsch wird ihm erfüllt.
Mehmet sagt: „Ich will endlich wieder in meiner Kneipe sitzen." Sein Wunsch wird ebenfalls erfüllt.
Carsten sagt: „Da ich so alleine bin, wünsch ich mir meine beiden Freunde zurück!"

Michael Skibbe zu Andi Möller vor dem Schlager Bayern gegen Dortmund: „Du deckst den Basler so eng du kannst!"
Möller: „Basler? Mama, ich will nicht, ich hab' Angst. Der tritt doch auf alles, was sich bewegt!"
Skibbe: „Dann besteht für dich ja keine Gefahr..."

Was ist eine hässliche Blondine auf dem Fußballfeld?
Ein Strafstoß!

„Das Fußballspiel war Klasse!", erzählt die 16-jährige Moni der Mutter. „Ich war mit 30.000 Männern allein im Stadion und dann fiel das Flutlicht aus!"

Warum soll der Stadionrasen von Borussia Mönchengladbach zubetoniert werden?
Damit das Spielniveau nicht noch tiefer sinken kann.

Der Flughafen von Nizza wurde bei der Ankunft der deutschen Fußballnationalmannschaft völlig zerstört.
Sie hatten versucht, den brasilianischen WM-Werbespot nachzudrehen.

Traurig kommt ein Spieler nach Hause.
„Was ist denn los, habt ihr verloren?“, fragt seine Frau.
„Nein, ich soll in einer anderen Mannschaft spielen.“
„Also haben sie dich verkauft?“
„Nein, verschenkt!“

Fernsehübertragungen von Fußballspielen werden immer beliebter. Ein Drittel der Bundesbürger schaltet regelmäßig ein. Der Rest greift auf herkömmliche Schlafmittel zurück.

„Wofür steht das Wort ‚Team‘?“, fragt der Trainer seine Mannschaft. Meint der lauffaule Spielmacher: „**T**oll, **e**in **a**nderer **m**acht’s!“

Ein schwarz gekleideter Mann klopft an die Himmelstür. Petrus öffnet, schaut kritisch und fragt: „Hast du jemals Unrecht getan?“
„Ja, ich habe im Spiel Italien gegen England einen Elfmeter gepfiffen, der keiner war.“
„Halb so schlimm. Und wann war das?“
„Vor ungefähr 30 Sekunden.“

Die Deutsche Post AG will jetzt einen portugiesischen Verein sponsern: den FC Porto.

Lodda, Basler und Effe fliegen mit einem Hubschrauber zurück von einem verlorenen Länderspiel und unterhalten sich über die Bordfunkanlage.

Lodda: „Wir schmeißen jetzt einen Hundert-Euro-Schein aus dem Hubschrauber, dann freut sich wenigstens ein Deutscher."
Effe: „Nein, wir schmeißen zwei Fünfzig-Euro-Scheine aus dem Hubschrauber, dann freuen sich zwei Deutsche."
Basler: „Ganz schlecht. Wir schmeißen fünf Zwanzig-Euro-Scheine aus dem Hubschrauber, dann freuen sich sogar fünf Deutsche."
Der Pilot hat mitgehört und schreit: „Wenn ihr Flaschen nicht sofort den Schnabel haltet, schmeiße ich euch drei raus, dann freuen sich 80 Millionen Deutsche."

Giovane Elber humpelt auf Krücken zum Training.
Fragt ihn Alexander Zickler: „Was ist denn dir passiert?"
„Ich bin vom Baum gefallen", sagt Giovane.
Fragt Carsten Jancker mitleidig: „Hoch?"
Antwortet Giovane: „Nein, runter!"

Kahn, Scholl und Elber sitzen in einem Café.
Meint der Kahn: „Sachen gibt's: Meine Frau hat Schnee-

wittchen und die 7 Zwerge gelesen und sie hat dann 7 Kinder bekommen."
Elber: „Kenn ich: Meine Frau hat Knopf und die wilde 13 gelesen und 13 Kinder bekommen."
Der Scholl springt auf und ruft vor Entsetzen: „Oh mein Gott. Meine Frau liest gerade Ali Baba und die 40 Räuber..."

Fußballtrainer zum Spieler: „Sie sind so engagiert. Mit Ihrer breiten Brust sind Sie genau der Richtige für unser Team."
„Ist es nicht wichtig, dass ich auch gut spielen kann?"
„Nein, Hauptsache, die Werbefläche ist groß genug!"

Berti Vogts kommt nach seinem Tod zu Petrus in den Himmel.
An der Wand hängen 17 Uhren.
Fragt Berti: „Sag mal, Petrus, warum hast du denn so viele Uhren in deinem Zimmer hängen?"
Antwortet Petrus: „Tja, Berti, jede Uhr steht für einen Bun-

desligaklub und wird bei einer Niederlage um eine Stunde zurückgestellt.“
Meint Berti: „Ja, aber dann fehlt ja eine Uhr!“
Sagt Petrus: „Sehr gut erkannt, Berti, das ist die vom VfL Bochum. Die hängt im Vorzimmer und wir benutzen sie als Ventilator!“

Warum fährt der Mannschaftsbus von Borussia Mönchengladbach neuerdings über jede rote Ampel, die er kriegen kann?
Die haben gehört, dass man damit wenigstens ein paar Punkte in Flensburg holen kann.

Der Schiedsrichter pfeift Elfmeter. Der gefoulte Libero legt den Ball genau auf den Punkt. Da schreit seine Frau vom Spielfeldrand: „Wenn du den daneben schießt, brauchst du gar nicht mehr nach Hause zu kommen!“ Darauf legt sich der Spieler den Ball noch einmal zurecht, läuft bedächtig an – und schießt die Kugel 20 Meter neben das Tor …

„Immer wenn ich im Fernsehen Werder Bremen sehe, verlieren die.“
„Beruhige dich! Im Radio spielen die auch nicht besser.“

„Oha, und wie hat Lothar reagiert, als er von deinem Seitensprung erfahren hat?“, will die Freundin der Fußballerbraut wissen.
„Mit einem Strafstoß!“

„Und Ihr Fachgebiet ist Fußball?“, fragt der Showmaster.
„Ja“, antwortet der Kandidat.
„Bravo, da habe ich eine Frage für Sie. Wie viele Maschen hat ein Tornetz?“

Der Trainer brüllt ganz aufgeregt ins Spiel: „Lasst den Mann doch nicht so völlig frei schießen! Seid ihr verrückt?“
Ruft der Mannschaftskapitän zurück: „Nur die Ruhe, Trainer, es ist doch ein Elfmeter!“

Warum verstehen sich Carsten Jancker und David Beckham so gut?
Weil sie sich nicht in die Haare kriegen können!

Ede Geyer nach dem Sieg der Cottbuser über die Bayern in der Kabine: „Jungs, ihr habt euch eine Erfrischung verdient. Miriuta, mach mal das Fenster auf!"

Matthias Sammer sieht, wie Fredi Bobic aus einer Pfütze trinkt.
Er sagt zu ihm: „He, lass das! Da sind doch Bazillen drin."
Darauf antwortet Fredi: „Keine Panik, die sind alle tot! Ich bin vorher extra dreimal mit dem Auto durchgefahren!"

Oliver Kahn zu Stefan Effenberg: „Du, ich habe jetzt einen Golfsack!"
„Das tut mir aber Leid! Wenn ich daran denke, wie schmerzhaft ein Tennisarm ist!"

Was ist der Unterschied zwischen Bayern München und Guildo Horn? – Guildo ist Meister.

Welches ist die kleinste Brauerei Deutschlands?
Das Nationalteam, die haben 11 Flaschen.

Ein Fußballer hat sich beim Spiel den Arm gebrochen. Besorgt fragt er den Arzt: „Kann ich den Arm später wieder richtig bewegen?“
„Sie können sogar Klavier spielen!“
„Das ist ja toll! Bisher konnte ich das nämlich gar nicht!“

Scholl beklagt sich bei Hitzfeld: „Ich kann mich vor Bauchschmerzen kaum noch auf den Füßen halten.“
„Das kommt davon, dass dein Bauch leer ist. Du musst mal was essen, Junge.“
„Aha, darum hat der Olli Kahn auch immer diese Kopfschmerzen…“

Zwei Freunde unterhalten sich: „Kennst du den Unterschied zwischen unserem Fußballteam und einem Marienkäfer?“ – „Die Marienkäfer haben mehr Punkte.“

Es hat furchtbar geregnet und der Fußballplatz steht unter Wasser. Trotzdem soll das Spiel angepfiffen werden.
Meint der Mannschaftsführer: „Ihr habt Anstoß, dafür spielen wir mit der Strömung!“

„Wie war ich?“, fragt der Torwart nach dem Spiel.
„Am letzten Samstag warst du besser.“
„Aber da habe ich doch gar nicht gespielt.“
„Eben!“

Paul erzählt seinem Freund vom wichtigen Bundesligamatch: „Während des Spiels hat der Schiedsrichter genau dreimal richtig gepfiffen: den Anstoß, die Halbzeit und den Schluss.“

Bei der Fußball-WM habe ich mir Österreich gegen Kamerun angeschaut. Auf der einen Seite Exoten, fremde Kultur, wilde Riten – und auf der anderen Seite Kamerun!

Dieter Nuhr

Ich habe viel von meinem Geld für Alkohol, Weiber und schnelle Autos ausgegeben. Den Rest habe ich einfach verprasst.

George Best

Der Basler spielt wie eine Parkuhr. Er steht rum und die Bayern stopfen Geld rein.

Max Merkel

Ich habe zwei verschiedene Halbzeiten gesehen.

Volker Finke

Das Fußballstadion ist bis auf den letzten Platz gefüllt. Ein Mann mit Bauchladen geht durch die Reihen und ruft: „Heiße Würstchen, heiße Würstchen!“
Brüllt ein Fan zurück: „Ist mir doch egal, wie du heißt, hast du Bier?“

Das Pokalspiel ist fürchterlich langweilig.
„Sieh mal“, sagt ein Tribünengast zu seinem Nebenmann, „der Ministerpräsident ist eingeschlafen.“
„Das ist doch aber noch lange kein Grund, mich aufzuwecken!“

„Wenn Sie bei uns spielen wollen, müssen Sie wissen, dass wir auf zwei Dinge besonderen Wert legen“, sagte der Präsident zu seinem neuen Star-Stürmer. „Das eine ist Sauberkeit. Haben Sie sich die Füße auf der Fußmatte abgetreten?“
„Aber natürlich!“
„Und ganz gesteigerten Wert legen wir auf Ehrlichkeit. Vor der Tür liegt gar keine Fußmatte.“

Wolfgang will von Stephan wissen: „Wie nennt man es, wenn Lothar Matthäus den Ball zu Jürgen Klinsmann kickt?"
„Keine Ahnung!"
„Ganz einfach: Seniorenpass!"

Was ist …

Ein Stürmer,

das ist ein Guter und er darf über die Grenze gehen;
der verhindert, dass der Ball ins Tor geht;
das ist, wenn es draußen stürmt;
das ist der, der am stürmischsten ist;
der steht vor dem Tor und schläft nicht;
das ist, wo Sturm ist;
das ist ein ganz hoher Schuss;
das ist eine Person, die durch die Gegend stürmt, wenn einer aus seiner Mannschaft ein Tor geschossen hat.

„Immer dieses Training", schimpft der Fußballprofi, „ich komme ja kaum zu den Autogrammstunden …"

Was ist …

Ein Freistoß,

da kann man einen Stoß machen;
da ist es frei für den Ball;
das ist, wenn ein Spieler raus will;
das ist ein Stoß, der frei ist;
das ist, wenn der Ball hoch in die Luft geworfen wird;
das ist, wenn man ins Publikum schießt.

„Dreimal habe ich zu Hause unterm Bett meiner Freundin einen Typen hervorgeholt, als ich vom Fußballtraining nach Hause kam“, klagt Otto seinem Freund.
„Und jetzt spielst du nicht mehr Fußball?“, fragt der Freund.
„Doch, ich habe die Beine von ihrem Bett abgesägt!“

„Warum pfeifen die Leute denn?“, fragt ein Zuschauer einen anderen.

„Jemand hat eine Flasche nach dem Schiedsrichter geworfen!“
„Aber er hat ihn doch gar nicht getroffen!“
„Eben, gerade deshalb pfeifen sie ja!“

Mario Basler kommt aus der Toilette, seine Hose ist auf einer Seite ganz nass.
„Was ist denn da passiert?“, wird er gefragt.
„Ach“, antwortet Mario mürrisch, „der neben mir drehte sich zu mir um und fragte: ‚Sind Sie nicht der Basler?‘“

Abschlussbesprechung vor dem großen Fest des Fußballklubs: „Und – woher nehmen wir dieses Jahr die Ehrenjungfrauen?“
„Wie immer von der Wiese hinterm Festzelt!“

Bayerns Trainer Ottmar Hitzfeld erkundigt sich bei seinem früheren Schützling Mario Basler nach dessen Wohlbe-

finden: „Na, Mario, wie fühlst du dich als Kaiserslautern-Spieler?“
„Von Tag zu Tag jünger“, entgegnet Mario. „Ich rauche sogar schon wieder heimlich auf der Toilette.“

„Mit welchen Vereinen wird Mario Basler in Verbindung gebracht?“
„Na klar, mit der Krombacher Elf, mit Proletico Madrid und den Glasvoll Rangers.“

Susi zu ihrer Freundin: „Du bist im Hausflur gestürzt und dein Mann hat sich gar nicht um dich gekümmert?“
„Stimmt. Aber du weißt doch, er ist Schiedsrichter und meinte, das sei eine Schwalbe gewesen!“

„Hast du schon gehört, dass David Beckham sich schwer erkältet hat?“ – „Kein Wunder, der steht ja auch den ganzen Sommer im englischen Sturm herum!“

Die Kinder spielen Fußball.
Der siebenjährige Max erzielt ein Tor nach dem anderen.
Ein begeisterter Passant ruft den Kleinen zu sich und bietet ihm aus einer Tüte ein paar Bonbons an.
Aber Max wehrt ab: „Die kann ich nicht annehmen. Ich bin Amateur."

Lothar geht über den Fußballplatz und schaut angestrengt auf den Boden.
„Suchen Sie etwas?", will der Platzwart wissen.
„Ja, hier soll ein Spiel verloren gegangen sein!"

Meint der Trainer des Tabellenletzten:
„Jungs, knobelt das Ergebnis doch einfach aus. Das erspart euch die ganze Lauferei."

Stefan Effenberg kommt nach Gelsenkirchen und stellt seinen Porsche auf einem Fußballplatz ab.

„He, Sie können hier nicht parken“, ruft der Platzwart. Darauf Effe genervt: „Wieso nicht. Da steht doch Parkstadion!“

Während eines Fußballspiels ertönt plötzlich eine Stimme über den Lautsprecher:
„Der Besitzer des silbernen Porsche mit den schweinslederbezogenen Sitzen möge sich bitte zu seinem Wagen bemühen, ein wildgewordener Eber vergewaltigt gerade den Rücksitz!“

Oma Müller beim Zeitunglesen:
„Anna Bolika muss ein tolles Weib sein!“
„Wieso?“
„Hier steht: Sie treibt Männer zu Höchstleistungen!“

„Sabine, bei einem tollen Fußballspiel vergesse ich alles.“
„Ich heiße Christina!“

Ich bin der beste Torwart! Weil ich gleich zwei Bälle auf einmal halten kann!

Die Schalker Mannschaft hat Inter Mailand im UEFA-Cup-Finale geschlagen.
Beim anschließenden Bankett erklärt der Schalker Kapitän: „Wir haben gewonnen, weil wir vor dem Spiel zum Herrn gebetet haben."
„Das verstehe ich nicht", antwortet der italienische Spielführer: „Wir haben doch vorher auch gebetet!"
„Das mag schon sein, aber nur auf Italienisch!"

Eine Fußballerin heiratet.
Vor der Kirche fragt der Pfarrer einen festlich gekleideten Herrn: „Sie sind sicher der Bräutigam?"
„Nein, ich bin im Halbfinale ausgeschieden."

Der Kannibalen-Koch ärgert sich: „Schade, dass wir nie den Beckenbauer fangen."
„Wir wussten ja gar nicht, dass du Fußball-Fan bist", antworten die anderen.
„Bin ich doch gar nicht, ich würde nur gerne mal wieder Kaiserschmarrn essen ..."

„Warum steht euer Keeper barfuß im Tor?"
„Er hat seiner Frau versprochen, die Fußballschuhe an den Nagel zu hängen."

Mario Basler und Keeper Sven Scheuer kommen aus dem Spielcasino.
Sven ist nackt und Mario trägt noch seine Boxer-Shorts.
Sagt Sven zu Mario: „Ich bewundere dich, du weißt wenigstens immer, wann du aufhören musst!"

Bestes Fußballwetter, strahlender Sonnenschein.
Ein Zuschauer: „Was für ein Kaiserwetter!"
„Ja, ja, der Beckenbauer hat eben überall seine Finger im Spiel."

Effe und Elber machen eine Radtour mit dem Tandem.
Mit Müh und Not bewältigen sie einen steilen Hügel.
Oben angekommen sind beide vollkommen aus der Puste.

Meint Effe zu Giovane: „Unglaublich, dass wir es geschafft haben!"
„Ja, ich hatte da auch so meine Zweifel. Nur gut, dass ich die ganze Zeit gebremst habe, sonst wären wir immer wieder rückwärts gerollt!"

Fabio Cannavaro und Mehmet Scholl marschieren durch die Sahara. Kommt ein Löwe auf die beiden zu. Schnell zieht sich der schlaue Mehmet seine Fußballschuhe an.
Sagt Fabio: „Mit deinen Schuhen bist du aber auch nicht schneller als der Löwe!"
„Ist auch nicht nötig! Ich muss nur schneller sein als du!"

Im Supermarkt treffen sich am Seifenregal die Mütter von Olli Kahn und Thomas Häßler.
„Ich brauche eine gute Seife! Mein Oliver kam gestern total dreckig und schlammverkrustet nach Hause."
„Was meinen Sie, ich musste neulich die ganze Fußballmannschaft abschrubben, bis ich meinen Thomas gefunden hatte."

Andreas Möller fragt Oliver Kahn: „Woran merkst du, dass Ebbe ist?“
Darauf erwidert Oliver: „Wenn es beim Rudern staubt!“

Albert hat nur Augen für seine Fußball-Übertragung im TV. Giftet seine Frau: „Liebling, ich steige jetzt auf die Leiter, um die Decke zu streichen. Falls ich herunterfalle – könntest du in der Halbzeitpause den Krankenwagen rufen?“

Lothar Matthäus nimmt nach seiner Fußballkarriere einen Job in einer Bäckerei an.
Am zweiten Tag fragt ihn der Chef: „Und, hast du die Schrift auf dem Schokoladekuchen schon fertig?“ – „Nein, das dumme Ding passt einfach nicht in die Schreibmaschine!“

Steht in einer Sportzeitung: Calmund will verlängern!
Kein Wunder, verbreitern geht ja kaum noch ...

Libero Max hat dem rempelnden Verteidiger eine Ohrfeige verpasst. Der Schiedsrichter stellt Max zur Rede. Der sagt: „Ich habe ihm keine runtergehauen."
„Er lügt", protestiert der Verteidiger.
Da dreht sich Max um und droht: „Wenn du nicht gleich ruhig bist, dann kriegst du noch eine ..."

Der Trainer erwischt seinen teuersten Neueinkauf, wie er in der Kabine während der Halbzeit eine Zigarette raucht.
„Bist du wahnsinnig?", geht er auf ihn los. „Ich würde lieber Ehebruch begehen, als in der Halbzeitpause zu rauchen."
„Ich auch", sagt der Libero, „aber dafür reicht die Zeit einfach nicht!"

Fredi Bobic zu Stefan Effenberg: „He, letzte Woche war doch Stromausfall. Da war ich drei Stunden lang im Aufzug eingesperrt."
Darauf erwidert Stefan: „Ach, das ist doch noch gar nichts. Ich stand drei Stunden auf der Rolltreppe!"

Die holen sich einen Popel aus der Nase und
brechen sich noch den Finger dabei.
Lorenz-Günther Köstner
(über seine unglücklich agierenden Spieler)

Wir waren alle vorher überzeugt davon,
dass wir das Spiel gewinnen. So war auch das
Auftreten meiner Mannschaft, zumindest in den
ersten zweieinhalb Minuten.
Peter Neururer

Vielleicht war es mit mir wie mit Helmut Kohl.
Dessen Gesicht haben sie ja auch
nicht mehr gewollt.
Berti Vogts

Ich bin immer noch am Überlegen, welche
Sportart meine Mannschaft an diesem Abend
ausgeübt hat. Fußball war's mit Sicherheit nicht.
Franz Beckenbauer

Vorwurfsvoll sagt Susi zu ihrem Freund:
„du redest den ganzen Tag nur über Fußball. Hast du denn kein anderes Thema?“
„Na gut, reden wir über Sex. Hast du gelesen, dass sich Mario Basler noch ein Kind wünscht?“

Fragt das Mädchen den Fußballer nach einem tollen Kuss:
„Wo hast du denn so fantastisch küssen gelernt?“
„Im Verein. Vor jedem Spiel muss ich den Ball aufblasen.“

„Das größte Kapital, das meine Mannschaft hat“, erklärt der Trainer dem Reporter, „ist ihre Erfahrung.“
„Interessant. Und warum setzt sie dieses Kapital nie ein?“

Der Fußballverein feiert.
Der Platzwart bekommt den Auftrag, vor jedem Spieler eine Flasche Wein auf den Tisch zu stellen. Als die Feier beginnt, kommt der Platzwart noch einmal herein und wird

vom Trainer angefahren: „Was wollen Sie denn hier?“ Lächelt der Platzwart und sagt: „Ich will nur nachsehen, ob auch alle Flaschen hier sind.“

Beim entscheidenden Punktspiel sagt Horst nach der Pause zu seinem Freund Klaus: „Unsere Jungs sind ja noch langsamer als in der ersten Halbzeit.“
„Ist doch klar, der Trainer hat sie zur Schnecke gemacht!“

Der Trainer macht mit seiner Mannschaft einen Rundgang durchs Stadion: „So, Jungs, wo die Fotografen sitzen, wisst ihr ja. Den Standort der Fernsehkameras kennt ihr auch – und nun zeige ich euch, wo die Tore stehen.“

„Wann darf ich denn endlich mal in der ersten Mannschaft spielen?“, fragt der Neuling den Trainer.
„Bist du verrückt, Mann?“
„Nein – aber ist das die Voraussetzung?“

Anruf in dem Hotel, das die deutsche Nationalelf bei der EM beherbergte.
„Ich möchte gern Herrn Ribbeck sprechen."
„Tut mir Leid, die Deutschen sind aus dem Turnier ausgeschieden und abgereist."
Kurze Zeit später der gleiche Anrufer: „Ich möchte gern Herrn Ribbeck sprechen."
„Tut mir Leid, die sind ausgeschieden und abgereist!"
Wieder etwas später erneut: „Ich möchte Herrn Ribbeck sprechen."
„Ich habe es Ihnen doch schon zweimal erklärt. Die sind ausgeschieden und abgereist. Können Sie das nicht kapieren?"
„Doch, aber ich höre das so gern!"

Eine Oma kommt jeden Tag zum BVB-Training und bringt ihrem Lieblingsspieler Fredi Bobic Nüsschen mit.
Nach fünf Wochen fragt Fredi: „Warum bringen Sie mir eigentlich immer so leckere Nüsse mit?"
Darauf antwortet die Oma: „Wissen Sie, ich esse so gerne Ferrero-Küsschen, aber ich kann die Nüsse einfach nicht beißen!"

Ich bin ein Eckball, und du?
Eine Freistoß=bombe!

„Zeigen Sie mal Ihren Pass“, fordert der Zöllner Lothar Matthäus bei der Einreise nach New York auf.
„Gern, haben Sie einen Ball da?“

„Weißt du eigentlich, was mit kleinen Jungen passiert, die am Sonntagmorgen nicht in die Kirche kommen und stattdessen lieber Fußball spielen?“, fragt der Pfarrer.
„Selbstverständlich“, sagt Peter, „eines Tages spielen sie in der Bundesliga und verdienen Millionen!“

Das Ehepaar kommt erst eine Viertelstunde nach Spielbeginn in das Stadion und er gibt ihr natürlich die Schuld. Sagt sie: „Reg dich doch nicht so auf! Dann bleiben wir nachher eben 15 Minuten länger hier.“

Der Neu-Schotte Stefan Klos an der Tankstelle in Glasgow: „Bitte einen Becher Benzin und einen Fingerhut Öl.“

Darauf der Tankwart: „Soll ich auch vorsichtig in die Reifen husten?“

„Nein“, sagt Norbert zu seiner Verlobten. „Wir können auf keinen Fall an einem Donnerstag heiraten.“
„Warum denn nicht?“
„Weil dann unsere Silberhochzeit auf einen Samstag fällt. Und da bin ich zum Fußball.“

„Eigentlich wollte ich am Samstagnachmittag zum Pokalspiel fahren. Aber bis man da einen Parkplatz findet und sich duch die Menschenmassen gequält hat …“
„Ich verstehe. Meine Frau wollte auch, dass ich zu Hause bleibe …“

„Wie viele Leute waren letztes Wochenende bei dem Fußballspiel?“
„So 60.000 und ein paar Zerquetschte!“

Kommt Oliver Kahn mit seinem verbeulten Auto zur Tankstelle und sagt: „Einmal waschen, bitte!“
Darauf fragt der Tankwart: „Bügeln auch?“

Christian Ziege kommt mal wieder von seinem neuen Klub AC Mailand zu Besuch nach München.
„Na, wie ist es?“, fragt ihn Mario Basler. „Hast du Schwierigkeiten mit der Sprache?“
„Ich nicht“, entgegnet Christian, „aber die Italiener.“

Rainer Calmund hat sich gute Vorsätze für das neue Jahr vorgenommen.
Nach einer Woche hat er aber schon genug von seiner Diät.
Sein Kommentar: „Ich denke nicht daran, vor Hunger zu sterben, nur um ein paar Jahre länger zu leben.“

Was stellen sich Männer unter Romantik vor?
Ein Fußballspiel bei Kerzenlicht…

Sagte ein Arzt zu seinem Kollegen: „Der Sport ist eine ungemein völkerverbindende Sache. Nach einem internationalen Fußballmatch habe ich einmal fünf Spieler verbunden.“

„Unsere Hochzeitsnacht habe ich mir aber ganz anders vorgestellt“, beklagt sie sich am nächsten Morgen.
„Du wusstest doch vorher, dass es erst um Mitternacht die Fußballübertragung im Fernsehen geben würde.“

Der Personalchef hängt einen Hinweis ans schwarze Brett: „Alle plötzlichen Krankheits- und Todesfälle sind eine Woche vor Beginn der Fußball-Europameisterschaft zu melden!“

Kartenvorverkauf für die Fußball-Europameisterschaft.
„Kann ich bitte für meinen Enkel und mich zwei Karten für das Endspiel bekommen?“, erkundigt sich die Oma.

„Karten für das Endspiel und für das Spiel um den dritten Platz gibt es leider keine mehr.“
„Da kann man nichts machen“, sagt die alte Dame lächelnd. „Dann geben Sie mir halt Karten für das Spiel um den zweiten Platz.“

Klaus fragt seinen Freund: „Was ist eigentlich der Unterschied zwischen einem Schiedsrichter und unserem Libero?“
„Ist doch klar! Der Schiedsrichter hat eine Pfeife, unser Libero ist eine.“

Der Fußballstar wird gefragt: „Was war denn Ihr bisher schönstes Tor?“
„Vor einem Jahr das Eingangstor für meine Villa!“

Fußballer sind wie Babys: Sie meinen, sie können durch Schreien alles erreichen!

Montag, Dienstag, Mittwoch, Donnerstag...
Dragoslav Stepanovic
(auf die Frage eines Reporters,
was die kommende Woche bringe)

Es gibt nur einen Ball. Wenn der Gegner ihn hat,
muss man sich fragen warum!? Ja, warum?
Und was muss man tun? Ihn sich wiederholen!
Giovanni Trappatoni

Sicher, Reina hat das Tor erstklassig erzielt.
Aber er durfte die Kugel doch gleich dreimal
wie ein Artist hochhalten und dann reinhauen.
Das hätte es früher nicht gegeben. Da wäre
einer dazwischengefegt und Billy wäre erst
wieder vor seiner alten Haustür in Unna
gelandet.
Hermann Gerland

Stefan Effenberg kommt nach dem Training humpelnd aus der Kabine.
Die Reporter fragen besorgt: „Hast du dich verletzt?“
„Nein, nein, mein Gehaltsscheck ist mir auf den Fuß gefallen.“

Der Fußballtrainer fragt die Neuverpflichtung:
„Sind Sie auch stark am Flügel?“
„Nein“, antwortet der Neue, „als Kind habe ich nur Mundharmonika gespielt.“

Meint Fußball-Teamchef Erich Ribbeck zu Tennis-Davis-Cup-Kapitän Charly Steeb: „Am besten tauschen wir unsere Spieler. Meine treffen nicht ins Netz und deine hauen ständig rein.“

Fragt der Professor seine Studenten: „Wie würden Sie einen Menschen diagnostizieren, der aufspringt, wild hin

und her läuft, aus voller Lunge schreit, sich wieder hinsetzt und wie verrückt auf seinem Stuhl wippt?“
Meldet sich ein Student: „Das ist ein Fußballtrainer!“

In der Schule fragt die Lehrerin: „Wer von euch weiß denn, wo Bayern liegt?“
Darauf meldet sich Fritzchen: „Meistens an der Tabellenspitze.“

„Das hätte ich aber nicht gedacht, dass dein Mann schon in der ersten Halbzeit schlapp macht“, sagt eine Spielerfrau zur anderen.
„Das bin ich nicht anders von ihm gewohnt…“

Frankfurt im Trainingslager. Morgens um vier stürmt Trainer Magath ins Zimmer: „In einer Minute treffen wir uns in Trainingskleidung auf dem Platz!“
Ruft ein Spieler: „Dürfen wir auch früher kommen?“

Während des Trainings fragt Stefan Beinlich Ulf Kirsten: „Glaubst du an Buddha?“
Darauf Kirsten: „Schon, aber Margarine ist mir lieber!“

Was ist der Unterschied zwischen Gott und Effenberg? Nun, Gott glaubt nicht, er sei Effenberg…

Nach dem Training will Stefan Effenberg seinen bestellten Ferrari vom Händler abholen und auch gleich bar bezahlen. Er prüft noch einmal das Geld in seiner Brieftasche und stellt fest: 300 Euro zu wenig eingesteckt.
Er tippt seinen Kollegen Lothar Matthäus an: „Du, leih mir mal 300 Euro. Ich will mir einen Ferrari kaufen.“
„Kein Problem“, sagt Matthäus und gibt ihm 600 Euro, „bring mir auch gleich einen mit.“

Paulo Sergio und Mehmet Scholl gehen in der Stadt spazieren. Da sieht Mehmet drei Stare auf einer Antenne sitzen und fragt: „Du, Paulo, was sind denn das für Vögel?“ Antwortet Paulo: „Das sind Fernsehstars!“

Fragt die Mutter eines Regionalliga-Spielers den Pfarrer: „Ist es Sünde, wenn mein Sohn sonntags Fußball spielt?“
„Nein, dass er spielt ist nicht schlimm – aber wie er spielt.“

Es steht 3:3, als der Torhüter einen harmlosen Schuss durchlässt. Als sich die Mitspieler bitter beklagen, grinst er nur: „Das musste sein, sonst hätte mein Toto-Tipp nicht gestimmt.“

Der Mittelfeldspieler der Meistermannschaft macht Urlaub auf einer Karibikinsel.
Am ersten Abend serviert ihm eine dunkelhäutige Schönheit einen kühlen Drink.
Am zweiten Abend verwöhnt sie ihn mit einem erfrischenden Fruchtcocktail.

Am dritten Abend haucht der hübsche Käfer verführerisch: „Hätten Sie Lust auf ein wundervolles Spiel in dieser herrlichen Nacht?"
„Immer, aber wo kriegen wir hier einen Ball her?"

Er guckt alle WM-Übertragungen an.
Meint sie: „Ich würde mich ja auch für Fußball interessieren, aber ich vertrage das viele Bier nicht...!"

Mehmet Scholl sieht ganz elend aus.
„Was ist denn heute mit dir los?", will der Trainer wissen.
„Ich habe gerade ein furchtbar trauriges Buch gelesen", sagt Mehmet niedergeschlagen.
„Welches denn?", fragt der Trainer. „Mein Sparbuch."

Der Präsident des Regionalligisten stürmt in die Kabine: „Eine gute Nachricht, Männer! In der nächsten Saison steigen wir auf!"

Fragt der Torwart: „Klasse, aber wie wollen wir das machen?"
„Ich kaufe elf neue Spieler..."

Mario Basler zum Arzt: „Herr Doktor, meinen Sie nicht auch, dass ich ein paar Tage im Bett bleiben sollte?"
Der sorgenvolle Doktor: „Ein paar Nächte wären besser."

Treffen sich Christoph Daum und Werner Lorant.
„Wenn der Karl-Heinz Wildmoser nicht zurücknimmt, was er gestern gesagt hat, bin ich die längste Zeit Trainer bei 1860 München gewesen", meint Lorant.
„Was hat er denn gesagt?"
„Sie sind die längste Zeit Trainer gewesen."

„Hast du schon gehört? Frank Pagelsdorf hat sich neue Schuhe anfertigen lassen – mit den Absätzen vorn!"
„Wieso das?"

„Er möchte endlich wieder das Gefühl haben, dass es mit dem HSV aufwärts geht!“

Sitzt ein Mann im Fußballstadion und murmelt ständig vor sich hin.
Fragt der Nachbar: „Warum wiederholen Sie denn dauernd 30.000 Zuschauer, 22 Spieler, drei Schiedsrichter, zwei Trainer?“
„Weil es so viele sind und ausgerechnet mir hat der Vogel auf den Kopf geschissen.“

Lothar Matthäus putzt sich die Zähne.
Da kommt Jürgen Klinsmann angerannt und hält einen Teelöffel in der Hand:
„Kann ich bitte etwas Wasser haben?“
Matthäus hält ihm seinen Zahnputzbecher hin und Klinsmann füllt den Teelöffel mit Wasser und rennt in Richtung Kabine.
Diesen Vorgang wiederholt er dreimal.
Beim vierten Mal wird es Matthäus zu bunt, und er fragt,

was das denn soll. Klinsmann löffelt erneut aus dem Becher und ruft aufgeregt: „Die Kabine brennt!!!"

Franz Beckenbauer liest Zeitung.
„Stell dir vor", sagt er zu seiner Frau, „da hat ein Rubens für zwölf Millionen und ein van Gogh für neun Millionen seinen Besitzer gewechselt!"
Meint seine Frau verständnisvoll: „Diese Bundesligavereine machen sich doch selbst kaputt!"

Große Tombola bei Bayern München. Hauptpreis ist ein Opel. Sagt Frau Kahn zu ihrem Mann: „Ich habe zwei Lose genommen."
„Typisch!" schimpft Oliver. „Was nimmst du zwei Lose, wenn du weißt, dass es nur einen Hauptpreis gibt!"

Drei Fußballer-Söhne streiten sich, wessen Vater den besten Schuss hat.

Sagt der erste: „Mein Vater hat schon einen Ball vom Anstoß im Tor versenkt.“
Darauf der zweite: „Mein Vater ist Torwart, dem ist schon mit einem Abschlag ein Tor gelungen.“
Meint der dritte: „Mein Vater hat mal einen Befreiungsschlag gemacht, und als der Ball wieder runterkam, war Schnee drauf.“

Ein Fußballfan wird beerdigt.
Die Trauernden bringen Blumen ans Grab. Sein bester Freund hingegen legt einen Fußball auf den Sarg.
Darauf der Pfarrer: „Mein Sohn, glaubst du wirklich, dass er mit dem Ball noch spielt?“
„Herr Pfarrer, glauben Sie wirklich, dass er die Blumen noch in eine Vase stellt?“

„Ich möchte gern einen Fernseher kaufen!“, sagt eine Kundin im Geschäft.
„Was für ein Modell soll es denn sein?“, fragt der Verkäufer.
„Egal! Es muss nur ein Gerät ohne Fußballsendungen sein!“

FOUL!
SPIEL=
REGELN!

Beate Rehhagel zu ihrem Mann: „Unser neuer Nachbar gibt seiner Frau immer noch ein Küsschen vor seinem Auto, bevor er wegfährt. Warum tust du das nicht auch?"
Lächelt Otto: „Aber warum denn? Ich kenne die Frau doch gar nicht, Liebling."

Kommt ein Spieler zum Training und sagt zum Trainer: „Trainer, ich kann leider nicht mitmachen, ich habe Fieber."
Entgegnet der Trainer: „Gut, dann brauchst du dich ja nicht mehr warm zu laufen."

Lothar Matthäus im Blumenladen: „Ich möchte bitte zehn Rosen."
„Lange?"
„Wieso, vermieten Sie die auch?"

Fragen in der Pressekonferenz an Bayern-Manager Uli Hoeneß: „Wie sehen Sie die Zukunft von Mario Basler?"

Antwort von Hoeneß: „Für 8 Millionen Euro kann er gehen. Noch Fragen?“
„Und ab wie viel Millionen beginnt er zu laufen?“

Reporter nach dem Länderspiel zu Andi Möller: „Sie waren überall, nur nicht da, wo gerade der Ball war. Dort, wo das runde Leder war, stand immer ein Gegenspieler.“
Möller abwehrend: „Ich habe mich nur an die taktischen Vorgaben von Sir Erich gehalten: Ball und Gegner laufen lassen.“

In einem Zug sitzen sich Mehmet Scholl und eine ältere Dame gegenüber. Er kaut unentwegt einen Kaugummi. Schließlich fasst sich die Dame ein Herz: „Junger Mann, es ist zwecklos, auf mich einzureden. Ich bin schwerhörig!“

Der jungverheiratete Fußballprofi bittet seinen Vereinsmanager um einen besser bezahlten Vertrag.

„Ich brauche mehr Geld, weil meine Frau an einer teuren Krankheit leidet."
„Was hat sie denn?"
„Stoffwechselkrankheit – jede Woche braucht sie ein neues Kleid."

„Mensch, sind Sie blind?", schreit der zornige Libero den Schiedsrichter an.
Der aber will dem Spieler noch eine Chance geben, damit er nicht die rote Karte zücken muss. Deshalb fragt er: „Hat hier jemand was gesagt?"
Da wendet sich der Fußballer ab und knurrt: „Oh Mann, taub ist er auch noch!"

Bianca Illgner, die Frau des Ex-Real-Madrid-Torwarts, hat sich keck herausgeputzt.
Sie sinkt in den Beichtstuhl: „Hochwürden, ich bin eitel wie ein Pfau. Das ist sicher eine Todsünde. Jeden Morgen, wenn ich vor dem Spiegel stehe, denke ich, wie unvergleichlich schön ich bin."

Der Beichtvater äugt durch das Scherengitter und verzieht seine Mundwinkel: „Das ist keine Sünde, gute Frau, nur ein Irrtum!"

Mario Basler bei der ärztlichen Vorsorgeuntersuchung.
„Trinken Sie?", fragt ihn der Arzt.
„Gern, Herr Doktor, was können Sie mir denn anbieten?"
„Aber ich meine doch nicht hier!"
„Einverstanden, wo sollen wir denn hingehen?"

Willi hat sich derart über den Abstieg des 1. FC Köln geärgert, dass er wütend in die Kneipe rennt und einen Schnaps nach dem anderen hinunterkippt.
Dabei mault er wütend: „Unglaublich, was mich dieser Verein kostet!"

Andreas Möller und Icke Häßler gehen spazieren.
„So eine Kälte heute", schimpft Möller.

„Ja“, meint Häßler, „und im Wetterbericht haben sie gesagt, dass es ab 600 Meter schneien soll.“
Darauf Möller: „So ein Glück, dass wir nur 500 Meter weit müssen!“

Ottmar Hitzfeld notiert gerade die Aufstellung für das nächste Spiel.
Da fragt Mario Basler: „Wie lange kann ich denn spielen?“
Hitzfeld: „Eine Sekunde, bitte…“
Mario: „Super! Dann brauche ich nicht so viel Konditionstraining machen.“

Warum raucht Mario Basler eigentlich? – Damit er auf dem Platz immer so richtig Dampf machen kann.

Unterhalten sich zwei Fußballspieler.
„Was sagst du, wenn ich mit deiner Frau schlafe?“
Antwortet der andere: „Dann sind wir quitt!“

Es ist wichtig, dass man neunzig Minuten mit voller Konzentration an das nächste Spiel denkt.

Lothar Matthäus

Ich habe ihn nur ganz leicht retuschiert.

Olaf Thon

Zwei Chancen, ein Tor – das nenne ich hundertprozentige Chancenauswertung.

Roland Wohlfahrt

Unser Schiff hat Schlagseite. Es lässt sich nur wieder aufrichten, wenn wir alle auf dieselbe Seite gehen.

Willi Entenmann

Mein Problem ist, dass ich immer sehr selbstkritisch bin, auch mir selbst gegenüber.

Andreas Möller

Bielefelds Trainer Ernst Middendorp zur Mannschaft: „Der Nichtabstieg wäre das schönste Geburtstagsgeschenk."
Darauf Stefan Kuntz: „Zu spät, wir haben schon eine Uhr gekauft!"

Warum MUSS die WM 2006 in Deutschland stattfinden?
Weil Lothar Matthäus dann nicht mehr transportfähig ist.

Ein 1860-München-Fan steht vor Gericht, weil er 2 Bayern-Fans überfahren hat.
Richter: „Angeklagter, sagen Sie die Wahrheit!"
Angeklagter: „Die Straße war vereist, mein Wagen ist ins Schleudern gekommen."
Richter: „Es ist August, Sie sollen die Wahrheit sagen!"
Angeklagter: „Es hat geregnet und Laub war auf der Straße."
Richter: „Seit Tagen scheint die Sonne, zum letzten Mal, sagen Sie die Wahrheit!"

Angeklagter: „Also gut, die Sonne schien, schon von weitem habe ich die Bayern-Fans gesehen. Hasserfüllt habe ich auf sie draufgehalten. Der eine ist durch die Frontscheibe, der andere ist in einen Hauseingang geflogen. Ich bereue nichts!“
Richter: „Na warum denn nicht gleich so? Den einen verklagen wir wegen Sachbeschädigung, den anderen wegen Hausfriedensbruch!“

Oliver Kahn beim Psychoanalytiker:
„In jedem Traum hechte ich nach einem Ball, fange hohe Flanken ab, pariere Elfmeter, kurz: Ich bin der größte Torwart der Welt.“
„Träumen Sie denn nie von Frauen?“
„Um Himmels willen! In der Zwischenzeit könnte doch ein Tor fallen!“

Ein Ersatzspieler fragt Werders Lemke:
„Willst du eine Million Euro verdienen, Willi?“
„Gern!“

„Wenn ihr mich 90 Minuten durchspielen lässt, zahle ich eine Million in die Vereinskasse."
Lemke: „Geht klar."
Nach 85 Minuten lässt sich der Spieler auswechseln.
Fragt Willi: „Na, schlapp?"
„Das nicht. Aber ich habe keine Million."

„Sie wissen wohl nicht, wen Sie vor sich haben", faucht Lothar Matthäus den Hotelportier an, „wie können Sie es wagen, mich in ein so kleines Zimmer zu stecken?!"
„Aber beruhigen Sie sich", erwidert der Portier, „das ist doch nur der Fahrstuhl."

Ein Mann kommt mit einem Hund an der Leine in eine Kneipe in der Düsseldorfer Altstadt.
Er setzt sich an den Tresen, den Hund auf dem Hocker neben ihm und bestellt ein Alt und eine Schale Wasser für den Hund. Der Wirt erkennt mit fachmännischem Blick auf den Fan-Schal, dass der Gast gerade von einem Fortuna-Düsseldorf-Spiel kommt.

Er fragt den Gast: „Wie hat Fortuna denn gespielt?“
„3:0 verloren.“
Der Hund nimmt die Pfote, wischt wütend über den Tresen und räumt alle Gläser mit einem lauten Klirren ab.
Der Wirt ist entsetzt, der Gast versucht ihn zu beschwichtigen: „Hören Sie, ich komme für den Schaden auf, überhaupt kein Problem!“
Gesagt, getan... Zwei Wochen später, gleiche Stelle... Der Mann kommt rein, setzt den Hund auf den Barhocker neben sich und bestellt ein Bier und eine Schale Wasser.
Der Wirt fragt: „Wie hat Fortuna denn heute gespielt?“
„4:0 verloren!“
Der Hund nimmt wieder die Pfote und räumt abermals den Tresen ab.
Von diesen Vorfällen geschockt denkt sich der Wirt: „Das nächste Mal räume ich vorher die Theke leer, mal sehen, was dann passiert...“
Wieder zwei Wochen später, der Mann kommt rein, setzt den Hund auf den Hocker und bestellt ein Bier und eine Schale Wasser.
„Wie hat Fortuna denn heute gespielt?“
„2:0 verloren!“
Der Hund nimmt die Pfote, hält plotzlich inne und blickt verdutzt auf die leere Theke.

Sagt der Wirt: „Ist ja toll…! Es geht mich ja nichts an, aber was macht Ihr Hund eigentlich, wenn Fortuna gewonnen hat?!“

Sagt der Mann: „Das weiß ich nicht, ich habe den Hund erst seit zwei Jahren.“

Mario geht im Trainingslager zu Lothar und sagt:

„Du, Loddar! Ich bin gerade mit deinem neuen Auto gefahren. Es gibt eine gute und eine schlechte Nachricht.“

„Na, dann zuerst die gute“, sagt Lothar.

„Also, der Airbag hat prima funktioniert!“

Trapattoni zu Beckenbauer:

„Schau mal, Franz, da steht ‘ne Woge.“

„Das heißt Waage.“

„Darf ich mich mal waagen?“

„Das heißt nicht waagen, das heißt wiegen.“

„So, Franz, jetzt habe ich mich gewiegt.“

„Das heißt nicht gewiegt, das heißt gewogen.“

„Na also, Franz, es ist ja doch eine Woge.“

Schlimm verletzt?
Nein, nur mein Bein ist eingeschlafen!

Klaus Toppmöller und Bayer Leverkusen trainieren zusammen in der BayArena.
Nichts klappt. Kein Spielzug, kein Torschuss, rein gar nichts.
Verzweifelt nimmt Klaus Toppmöller sein Handy und ruft Matthias Sammer an.
„Matthias, ich weiß nicht, was ich machen soll, wie hast du es nur geschafft, in der letzten Saison Meister zu werden?"
Matthias Sammer antwortet: „Ich habe die Jungs einfach 90 Minuten gegen 11 Mülltonnen spielen lassen. Wir haben 112 : 0 gewonnen. Danach waren die Jungs so motiviert, dass wir am Ende die Meisterschaft gewonnen haben."
Am nächsten Tag ruft Toppmöller nochmals an: „Matthias, was soll ich machen – wir stehen 10 : 0 zurück?"

Mario und Loddar kurven durch München.
Plötzlich schreit Matthäus: „Bremsen!"
Basler gibt stattdessen Vollgas. Drei Tage später wachen beide im Krankenhaus auf.
„Warum, um Himmels willen, hast du nicht gebremst?"
„Weil ich mich von dir nicht anschreien lasse."

Mehmet Scholl auf einem Kreuzfahrtschiff, das plötzlich sinkt.
Schreit der Kapitän: „Ist hier jemand, der gut mit einem Ball umgehen kann?“
Mehmet Scholl meldet sich sofort. „Hier, ich.“
„Schön“, sagt der Kapitän, „wir haben leider eine Schwimmweste zu wenig.“

Durch einen schrecklichen Zufall versterben in einer Woche zuerst Dietmar Demuth und, drei Tage später, Frank Pagelsdorf.
Als Pagelsdorf in den Himmel kommt, sagt Gott zu ihm: „Hallo, Herr Pagelsdorf, schön, Sie zu sehen! In Anbetracht Ihrer großen Verdienste um den HSV kriegen Sie hier Ihr eigenes Häuschen, und, glauben Sie mir, das kriegt hier nicht jeder!“
Gott nimmt Pagelsdorf an der Hand und führt ihn vor einen kleinen Flachdachbungalow. Die Fußmatte an der Tür ist mit der HSV-Raute versehen und eine kleine HSV-Fahne weht im Vorgärtchen.
Pagelsdorf denkt sich: „Joh, ganz nett“, dreht sich um… und traut seinen Augen nicht. Auf der nächsten Wolke,

hoch über ihm, steht ein italienischer Palazzo, komplett mit Balustrade und sechs dorischen Säulen. Der Palazzo ist braun-weiß gestrichen, über und über mit FC-St.-Pauli-Symbolen, -Graffiti, -Fahnen und -Transparenten übersät und aus riesigen Lautsprechern wehen die Klänge von „You'll never walk alone" zu ihm herab.
Pagelsdorf wendet sich an Gott und sagt, schwer brüskiert: „Was ist DAS denn? Wieso kriegt der Demuth so'n Palast da hingestellt? Hat doch noch gar nix geleistet, der Mann! Häh??? Wieso lebt der hier in so 'nem Haus?"
Gott dreht sich um, schaut Pagelsdorf tief in die Augen und sagt: „Das ist nicht Demuths Haus. Das ist meins."

Die Frauenbeauftragte des Deutschen Bundestages schickt ein Rundschreiben an alle Fußball-Bundesligavereine. In diesem Brief äußert sie die Bitte, das heimische Stadion doch endlich mal nach einer Frau zu benennen. Der einzige Verein, der sich meldet, ist Schalke 04. Der Schalker Präsident teilt der Dame am Telefon stolz mit, dass er sich entschlossen habe, ihrem Wunsch nachzukommen. Hoch erfreut fragt sie: „Wie soll das Stadion denn jetzt heißen?"
„Dem-Ernst-Kuzorra-seine-Frau-Stadion!"

Zwei Fußballfreunde unterhalten sich.
„Wie oft kannst du mit dem Ball jonglieren?“, fragt der eine.
„Ungefähr 30mal.“
„Was, mehr schaffst du nicht?“
„Na ja, jedes Mal werde ich vom Angriff der gegnerischen Mannschaft gestört.“

Der wahre Grund dafür, dass die Fußballweltmeisterschaft 2006 in Deutschland stattfinden soll: Das ist die einzige Chance für Deutschland, an dieser Weltmeisterschaft teilnehmen zu können.

Allgemeinbildung beim I. FC Kaiserslautern.
Fragt Rehhagel seine Schützlinge: „Wer kennt einen bedeutenden deutschen Dichter?“
Meldet sich Ratinho: „Nebel!“
Rehhagel: „Wieso denn Nebel?“
Ratinho: „Na, habe ich doch heute in der Zeitung gelesen: Dichter Nebel in Deutschland!“

Nach der 20. Niederlage ruft der Trainer die Spieler zusammen und sagt:
„Ich glaube, wir müssen noch einmal von vorne anfangen. Also, das da, was ich unter dem Arm habe, ist ein Ball… “
Unterbricht ihn ein Spieler aus der zweiten Reihe:
„Kann ich ihn bitte einmal sehen?“

Jürgen Klinsmann kommt zum Arzt: „Herr Doktor, ich rede im Schlaf!“
Der Doktor beruhigt ihn: „Das ist doch nicht so schlimm!“
Darauf Klinsmann: „Doch, die ganze Mannschaft lacht schon über mich!“

Im Gerichtssaal. Der Richter fragt:
„Angeklagte, Sie bestreiten also nicht, Ihren Mann während der Fußballübertragung erschossen zu haben?“
Angeklagte: „Nein, Herr Richter.“
Richter: „Was waren seine letzten Worte?“
Angeklagte: „Schieß doch! Schieß doch endlich, du alte Pfeife…“

Kompliment an meine Mannschaft und meinen Dank an die Mediziner.
Sie haben Unmenschliches geleistet.
Berti Vogts

Es hängt alles irgendwo zusammen. Sie können sich am Hintern ein Haar ausreißen, dann tränt das Auge.
Dettmar Cramer

Ich habe ihn ausgewechselt, weil ich einen anderen Spieler einwechseln wollte.
Da musste ich einen auswechseln.
Ewald Lienen

Der Jürgen Klinsmann und ich, wir sind ein gutes Trio. – (Etwas später dann)
Ich meinte ein Quartett.
Fritz Walter jun.

Mario Basler stürmt in die Drogerie: „Wer hat meiner Frau Alleskleber statt Zahnpasta verkauft?“
Kleinlaut meldet sich der Lehrling.
Mario drückt ihm 10 Euro in die Hand und sagt:
„Danke. Endlich ist mal Ruhe!“

Was ist …

Halbzeit,

das ist zum Beispiel eine Pisspause;
das ist, wenn nur noch ein bisschen Zeit bleibt;
dann können die Spieler nur noch eine halbe Minute spielen.

Uli Hoeneß findet einen Flaschengeist.
Sagt der Geist: „Du hast mich gerettet. Du hast einen Wunsch frei.“
Hoeneß holt eine Weltkarte aus der Hosentasche und sagt:
„Ich wünsche mir den Weltfrieden!“
„Das geht nicht!“, antwortet der Geist.

Darauf Uli: „Dann wünsche ich mir, dass der FC Bayern Champions-League-Sieger wird.“
Der Geist kratzt sich am Ohr und sagt: „Kann ich noch mal die Karte sehen?“

Vor der Euro-Einführung:
Mario Basler, Andreas Herzog und Alessandro Del Piero gewinnen groß im Spielcasino.
Mario teilt das Geld auf: „Tausend Euro für mich, tausend Schilling für Andi und tausend Lire für Alessandro.“
Später sagt Alessandro zu Andi: „Eins muss man ihnen schon lassen – fair sind sie ja, die Deutschen!“

Ein Fußballer sitzt im Zugabteil einer sehr hübschen Dame gegenüber.
Aus Langeweile versucht er, ihr Papierkügelchen in den Ausschnitt zu werfen.
„1 : 0 für mich!“, schreit er, als er endlich trifft.
Da wird es der Frau zu dumm.
Sie nimmt aus ihrem Einkaufskorb ein Ei, wirft es dem

Fußballer in den Schoß und lästert: „1 : 1. Unentschieden!“ „Nee, stimmt nicht!“, sagt der Fußballer, „war Latte!“

Mehmet Scholl bekommt zum Geburtstag Knaller von Oliver Kahn geschenkt.
Sofort rennt er auf die Straße, um sie anzuzünden.
Nach einer Minute läuft Mehmet wieder ins Haus und sagt: „Die funktionieren gar nicht!“
Darauf Oli: „Das verstehe ich nicht, ich habe sie doch vorher extra ausprobiert!“

Sagt Oliver Kahn zu Giovane Elber: „Du, im Bier müssen weibliche Hormone drin sein.“ – „Warum“, fragt Giovane. Darauf Oliver: „Immer wenn ich zu viel trinke, rede ich nur dummes Zeug und kann nicht mehr Auto fahren!“

Was macht Lodda nach dem Ende seiner Karriere?
Er lebt von der Wohlfahrt...

Herr Doktor, mir ist ständig rot und gelb vor den Augen!
Sie sollten mal den Schiedsrichter wechseln!

Giovane Elber und Paulo Sergio irren durch die Wüste. Sergio schleppt eine Autotür mit sich herum.
Sagt Elber: „Bei dieser Hitze schleppst du eine Autotür mit? Bei dir piept's wohl!"
Daraufhin meint Sergio: „Du hast ja keine Ahnung! Was glaubst du, wie angenehm es ist, wenn man ab und zu das Fenster runterkurbeln kann?"

Mehmet Scholl und Carsten Jancker haben den Autoschlüssel stecken lassen. Sie versuchen das Auto mit einem Draht zu öffnen.
Plötzlich sagt Carsten:
„Du, wir müssen uns beeilen, gleich fängt es an zu regnen und das Dach ist noch offen."

Kommt ein Fußballer zum Arzt: „Herr Doktor, ich komme gerade von meinem Heilpraktiker, und er hat… "
„Na typisch, was hat Ihnen denn der Quacksalber für einen Unsinn empfohlen?"
„Er hat mich zu Ihnen geschickt, Herr Doktor."

Frauen finden Fußball besser als SEX, weil

1. nur die Ecke 'ne Fahne hat,
2. es 90 Minuten dauert,
3. die Latte 7, 32 Meter (!) lang ist,
4. Versager ausgewechselt werden können,
5. es 22 Männer zur Auswahl gibt,
6. es schon nach 45 Minuten in die zweite Runde geht,
7. der Kapitän die Binde trägt,
8. es kein Spiel ohne Fummeln gibt,
9. du jeden anspielen kannst, ohne fragen zu müssen,
10. man das Spiel auch abblasen kann,
11. der Kalorienverbrauch höher ist,
12. nach dem Abpfiff keiner schnarcht,
13. es nicht stört, wenn Kinder zugucken,
14. Ballack höchstens mal einen schlechten Tag hat,
15. sich Leder besser als Gummi anfühlt,
16. man die Pille nicht schlucken muss,
17. man keine Laken wechseln muss,
18. man die Pfeifen schon vor dem Match erkennt,
19. der Schlusspfiff gleichzeitig Höhepunkt ist,
20. man davon nicht schwanger wird,
21. man abschalten kann, wenn's langweilig ist,
22. das erste Mal nicht wehtut,

23. Männer halterlose Strümpfe tragen,
24. jeder Fehler ausgepfiffen werden kann,
25. Männer sich hinterher für schlechte Leistungen entschuldigen müssen,
26. es fast immer die Hoffnung auf Verlängerung gibt,
27. man keine Kopfschmerzen vortäuschen muss, wenn man aussetzen will,
28. keiner dumm guckt, wenn du laut schreist.

Faucht die Frau des Fußballtrainers ihren Mann an:
„Du gehst sicher nicht einmal zu meiner Beerdigung, wenn da gerade ein Spiel stattfindet!“
„Du wirst doch wohl nicht annehmen“, entgegnet er seelenruhig, „dass ich dich ausgerechnet an einem Spieltag beerdigen lasse.“

Die Mittelstürmerin der Damenmannschaft hat sich durchgekämpft, will schießen, wird aber gefoult.
„Die Arme“, bedauert die Frau vor dem Fernsehgerät.
„Und erst die Beine!“, meint ihr Mann genießerisch.

Die Straße ist der Fußballplatz, die Tore sind mit leeren Konservendosen markiert und die Mannschaften sind je sechs kleine Bengel.
Ein Junge tut sich besonders hervor.
Ein älterer Herr, der das Ganze eine Zeit lang beobachtet hat, geht auf ihn zu und bietet ihm Bonbons oder einen Euro an.
„Sagen wir Bonbons“, erwidert der junge Held. „Vorläufig will ich noch kein Profi werden.“

„Kommst du mit zum Endspiel im Damenfußball?“
„Das lohnt sich nicht mehr. Das Spiel hat schon vor einer Stunde begonnen!“ –
„Natürlich lohnt sich das. Die Trikots werden doch immer erst nach dem Spiel getauscht.“

Stefan versagt bei Susanne auf der ganzen Linie.
Murmelt er zerknirscht: „Komisch, auf dem Fußballplatz bin ich immer in Hochform.“
„Gut“, sagt sie, „dann versuchen wir es morgen dort.“

„Der Trainer sagt, ich sei sein bestes Pferd im Stall.“
„Wieso?“ –
„Ich mache den meisten Mist.“

Unterhalten sich zwei Fußballfans.
„Was sagst du zu unserem neuen Stürmer?“
„Toller Mann, wirklich. Wie man sieht, hat er ein hervorragendes Ballgefühl. Er kann den Ball aufpumpen, einfetten, abwaschen – nur ins Tor bringt er ihn nicht.“

„Wie ist die Stimmung unter den Ersatzspielern?“
„Wie im Harem eines Sultans. Jeder weiß, dass er mal drankommt, aber keiner weiß, wann.“

„Der Mittelstürmer unserer Fußballmannschaft ist das halbe Leben für mich“, schwärmt Roswitha.
„Und die andere Hälfte?“ – „Die teilen sich der Torwart, der Libero und der Rechtsaußen.“

Jürgen Klinsmann ist inzwischen 694 Minuten ohne Tor. Das hat vor ihm, glaube ich, nur Sepp Maier geschafft.

Harald Schmidt

Ich bin jetzt seit 34 Jahren Trainer, da habe ich gelernt, dass 2 und 2 niemals 4 ist.

Leo Beenhakker

Er wird nie Kopfweh bekommen, weil er seinen Kopf nie zum Denken benutzen wird. Ehe er Nationalspieler wird, werde ich Sänger an der Metropolitan Opera.

Max Merkel

(über Rüdiger Abramczik)

Für mich gibt es nur entweder – oder.
Also entweder voll oder ganz!

Toni Polster

Der Mathe-Lehrer schreibt 2 : 2 an die Tafel.
„Was bedeutet das, Kinder?“
„Unentschieden“, ruft die Klasse lauthals wie aus einem Mund.

Was ist ein Lattentreffer? –
Äußerst schmerzhaft!

„Du kommst ja schon wieder zu spät zum Training!“, brüllt der Trainer den Mannschaftsspieler an. „An deiner Stelle wäre ich überhaupt nicht mehr gekommen!“
„Du vielleicht“, meint der Sportler missbilligend, „aber unsereins hat eben Pflichtbewusstsein!“

Stefan Effenberg, Carsten Jancker und Lothar Matthäus fliegen nach Amerika. Am Flughafen in New York werden sie vom Zollbeamten gefragt: „Where are you from?“
Effenberg sagt: „I am from Germany!“

Carsten Jancker: „I am from Germany, too!“
Und Lothar Matthäus sagt: „I’m from Germany, three...“

An der Stadionkasse: „Zwei Karten, bitte!“
„Wir haben nur noch Stehplätze!“
„Haben Sie wenigstens noch zwei nebeneinander?“

England steht vor dem Spiel gegen Deutschland in der EM. Keegan und seine Spieler unterhalten sich vor dem Match in der Umkleidekabine. „Hört zu, Guys, ich weiß, die Deutschen sind Scheiße“, erklärt Keegan. „Aber wir müssen gegen sie spielen, um die UEFA glücklich zu machen...“
„Ich mach euch einen Vorschlag“, sagt Beckham. „Ihr geht alle ins Pub und ich spiele allein gegen sie. Was meint ihr dazu?“
„Klingt vernünftig“, antwortet der Manager und die anderen Spieler gehen ins Pub auf ein Bier und spielen Billard. Nach gut einer Stunde erinnert sie Shearer, dass ja das Match läuft, und schaltet den Fernseher an:
England 1 (Beckham 10. Min.), Germany 0 zeigt die An-

zeigetafel. Zufrieden widmen sie sich wieder ihrem Billardspiel und dem Bier für eine weitere Stunde, bevor sie sich das Endresultat betrachten. Die Anzeigetafel zeigt: England 1 (Beckham 10. Min.), Germany 1 (Matthäus 90. Min.).
„Scheiße", schreien alle Spieler und rennen entsetzt ins Stadion zurück, wo sie Beckham in der Garderobe sitzen sehen, das Gesicht in den Händen vergraben.
„Was zum Teufel ist passiert, Becksy?", schreit Keegan.
„Sorry, Freunde", antwortet Beckham, „aber dieser verdammte Schiedsrichter hat mich in der 11. Minute vom Platz gestellt."

Kommt die Gattin des neuen Mittelstürmers zum Dorfpfarrer: „Herr Pfarrer, ist es eine Sünde, dass mein Mann jetzt jeden Sonntag Fußball spielt?"
„Dass er spielt nicht – aber wie er spielt!"

Warum darf man Manni Schwabl und Thomas Häßler nicht gemeinsam in ein Hotelzimmer stecken?
Einer sollte die Tür schon öffnen können.

Warum stehst du seit 5 Minuten auf einem Bein?
Ich denke über den nächsten Schritt nach!
2
6

Mario Basler kommt in ein Lokal.

Der Kellner fragt ihn: „Möchten Sie dinieren?“

Darauf Mario Basler: „Die Nieren können Sie behalten, bringen Sie mir bitte ein anständiges Rindersteak mit Champignons.“

Der Trainer vom FC Bayern München Othmar Hitzfeld besucht Schalke-04-Trainer Frank Neubarth beim Training.

Da fragt Hitzfeld: „Wie schaffst du es, dass deine Spieler so gescheit sind?“

Ruft Neubarth: „Frank, komm mal her!“

Da kommt Frank Rost.

Neubarth fragt ihn: „Wer ist das Kind deiner Eltern, wenn es nicht dein Bruder und deine Schwester ist?“

Darauf antwortet Rost ohne Probleme: „Ich.“

Die Antwort ist richtig. Beim Training des FC Bayern München ruft Hitzfeld: „Mehmet, komm mal zu mir!“

Da kommt Mehmet Scholl dahergelaufen.

Da fragt ihn Hitzfeld: „Wer ist das Kind deiner Eltern, wenn es nicht dein Bruder und deine Schwester ist?“

Scholl fragt, ob er die Antwort morgen geben könne.

Hitzfeld sagt: „Ja.“ Am Abend fragt Scholl seinen

Teamkollegen Jeremies: „Wer ist das Kind deiner Eltern, wenn es nicht dein Bruder und deine Schwester ist?".
Jeremies antwortet: „Ich."
Scholl merkt sich die Antwort und geht einen Tag später zu Hitzfeld und sagt: „Jens Jeremies."
Darauf Hitzfeld: „Nein, Frank Rost."

Unterhalten sich zwei alte Herren über die Fußball-EM.
Der erste: „Wer spielt denn heute?"
Der zweite: „Österreich – Ungarn."
Darauf der erste: „Und gegen wen?"

Lothar Matthäus und Jürgen Klinsmann treffen sich im Urlaub am Strand. Beide sind durstig und Lothar findet zufällig eine Flasche Limo. Er sagt zu Klinsi: „Geh doch mal einen Flaschenöffner holen, ich warte so lange!" Der geht also los, Lothar wartet. Nach vier Stunden ist Klinsi immer noch nicht zurück. Da wird's Lothar zu blöd, er versucht die Flasche an einem Baum zu öffnen. In dem Moment kommt Klinsi hinter dem Baum hervor und sagt: „Wusst' ich's doch, das mit dem Flaschenöffner war nur ein Trick, damit du alles allein saufen kannst."

Ein Fußballnationalspieler wird gefragt, was er an diesem Sport so schön fände. „Das Spielen ist schön, das Geld ist auch gut, aber am meisten Spaß macht es mir, mich vor zwanzig Millionen Zuschauern am Sack zu kratzen..."

Warum ist Fußball besser als Sex?
Weil die Bälle echt sind!
Weil es dabei mehr Rückennummern gibt!
Weil keiner meckert, wenn man die Socken anlässt!

Mario Basler und Andreas Möller treffen sich bei der Nationalmannschaft. Andi Möller hat einen Papagei auf der Schulter sitzen. „Kann der sprechen?", fragt Mario Basler. „Ich weiß nicht, ich habe ihn erst seit ein paar Tagen", antwortet der Papagei!

Nein, die spielen immer mittwochs,
da habe ich keine Zeit.

Paul Steiner

(auf die Frage, ob die Nationalmannschaft für ihn ein Thema sei)

Ich hatte vom Feeling her ein gutes Gefühl.

Andreas Möller

Hass gehört nicht ins Stadion. Solche Gefühle soll man gemeinsam mit seiner Frau daheim im Wohnzimmer ausleben.

Berti Vogts

Die Schweden sind keine Holländer – das hat man ganz genau gesehen.

Franz Beckenbauer

Anruf beim VfL Wolfsburg: „Wann spielt ihr denn heute?“ Gegenfrage der netten Dame in der Geschäftsstelle: „Tja, wann könnten Sie denn hier sein?“

Warum nimmt Thomas Hässler immer eine Leiter mit in den Supermarkt?
Weil er nur 1,60 groß ist und die Preise so hoch sind.

Oliver Kahn will sich bei einem Fußballverein bewerben. Fragt ihn der Trainer: „Wissen Sie, was ein Abschlag ist?“ „Na klar, Sie zahlen mir jetzt 10.000 Euro und den Rest am Monatsende!“

Kommt Mario Basler zur Sekretärin seines Managers. Sagt Basler zu ihr: „Ich will zum Manager.“ Darauf die Sekretärin: „Tut mir Leid, der ist nicht da.“ Sagt Basler: „Aber ich habe ihn doch eben von der Straße am Fenster gesehen.“ Sekretärin: „Eben – er sie auch...“

Warum haben Sie denn kein Tor geschossen?
Typische Journalistenfrage! Wie kann ich denn bei einem 0:0 ein Tor schießen?
DUSCHE

Ein Polizist hält den Wagen von Mario Basler an.
„Ihr Wagen ist völlig überladen. Geben Sie mir bitte mal Ihren Führerschein."
Basler: „Aber der wiegt doch höchstens 40 Gramm!"

Der neue Spieler beim ersten Training.
Trainer fragt: „Name?" – „Martin" – „Zuname?"
„Jede Woche ein halbes Pfund."

Stefan Kuntz tritt während eines Bundesligaspiels eine Schnecke tot. „Warum hast du das gemacht?", fragt ihn ein Mitspieler. „Dieses aufdringliche Biest verfolgt mich schon das ganze Spiel über."

Oliver Bierhoff zum Wirt: „Wissen Sie, wie Ihr Steak schmeckt? Wie eine Schuhsohle, die man mit Zwiebeln eingerieben hat." Der Wirt antwortet erstaunt: „Toll, was Sie schon alles gegessen haben!"

Ein Schlachtenbummler kommt nach Hamburg.
Der HSV spielt gegen Werder.
Am Hauptbahnhof fragt der Mann einen Einheimischen: „Verzeihen Sie, wie komme ich zum HSV?“
Der Hamburger überlegt und sagt dann: „Trainieren. Sehr viel trainieren.“

Zwei Freunde im Weinkeller. „Jede dieser Flaschen ist ein Vermögen wert“, erklärt der Besitzer stolz. „Ja, ja“, nickt der Freund, „wie in der Fußballbundesliga halt!“

Ulf Kirsten zu Eric Meijer: „Weißt du, was das Sportgericht niemals rauskriegt?“
„Nee, was denn?“
„Rotweinflecken aus ‘ner Seidenbluse.“

Trainingslager der deutschen Fußballnationalelf.
Dariusz Wosz eilt entschlossen auf den Mannschaftsarzt zu

und ruft: „Herr Doktor, die Kraftnahrung, die Sie mir verordnet haben...“
Der Arzt unterbricht etwas unwillig: „Was ist denn damit?“
Darauf Wosz: „Ich krieg’ die Packung nicht auf!“